학교로 간
스파이

학교로 간 스파이

초판 1쇄 발행 | 2020년 8월 31일
초판 4쇄 발행 | 2023년 10월 1일

지은이 이은소
발행인 한명선

주소 서울시 종로구 평창길 329(우편번호 03003)
문의전화 02-394-1037(편집) 02-394-1047(마케팅)
팩스 02-394-1029
전자우편 saeum2go@hanmail.net
블로그 blog.naver.com/saeumpub
페이스북 facebook.com/saeumbooks
인스타그램 instagram.com/saeumbooks

발행처 (주)새움출판사
출판등록 1998년 8월 28일(제10-1633호)

ⓒ 이은소, 2020
ISBN 979-11-90473-33-0 03810

학교로 간
스파이

이은소 장편소설

새움

1

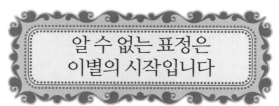

알 수 없는 표정은
이별의 시작입니다

실패자의 새 임무

차갑다.
물방울이다.
차가운 물방울이 뺨을 찌른다.
빗방울이다.
비가 내린다.

나는 아직 살아 있다.

파도는 나직하다. 공기는 비리척지근하고, 모래알은 잘다. 인적은
없다.

나는 눈을 뜬다.

손목시계를 본다. 2015년 12월 14일 6시 44분, 영상 1도. 일출 후
한 시간쯤 지났으리라. 나는 '살아' 있는 몸을 일으키고, 해안을 감

싼 절벽 아래로 숨어든다.

점퍼 주머니를 뒤진다. 어젯밤 바다에서 건져 올린 초코바 포장지 끝의 얇고 날카로운 선이 손가락을 긁는다. 시작은 이 초코바였다. 2호의 배낭에서 초코바가 우박처럼 떨어졌다. 라면과 초코파이, 봉지 과자도 검은 수면으로 쏟아졌다. 2호가 새끼들을 위해 준비하였다고 했다. 감정은 일지 않았다. 천지 2조를 무사히 귀국 조치하라. 내 머릿속엔 임무밖에 없었다. 나는 떨어진 물건을 줍겠다는 2호를 붙잡아 세우고, 낡은 낚싯배에서 뛰어내렸다. 라면과 봉지 과자, 초코파이, 초코바를 건져서 배 안으로 집어 던졌다. 마지막 남은 초코바를 건지는데 하얀 불빛이 우리를 겨누었다. 고개를 들고 전방을 주시했다. 눈을 한번 깜박이고 다시 떴지만 보이는 건 칼날처럼 번득이는 빛밖에 없었다.

"동작 그만. 움직이면 발포하겠다."

남자의 목소리, 빛의 정체가 드러났다. 조원들이 신속히 사격을 준비했다. 나는 배에 매달린 채 출발하라고 소리쳤다. 11번이 얼른 조타실로 들어가 시동을 걸었다. 좌측 전방에서 총탄 한 발이 날아들었다. 1호와 2호가 사격을 시작했다. 전방에서도 총탄을 발사했다.

빗방울이 굵어진다. 어젯밤 바닷속에서도 느끼지 못한 한기를 이제 감지한다. 혈액에 얼음 조각이 떠다니고 내장에 서리가 내리는 듯하다. 이가 맞부딪친다. 식도에서 쓴 물이 올라온다. 스물세 시간째 공복이다. 나는 초코바를 뜯는다. 한입 베어 물려는 순간 75도 방향 1미터 이내에서 인기척이 난다. 비 만난 낚시꾼처럼 보여야 한다. 비 피하는 낚시꾼처럼 날씨에 대해 두어 마디 나누리라.

"비가 오네요. 언제쯤 그칠까요?"

나는 입아귀를 2밀리미터 올리고 인기척 방향으로 돌아본다. 입아귀가 처지며 얕은 숨이 입술 사이로 빠져나온다. 고양이다. 두 마리. 나는 초코바를 두 등분으로 나누어 전방 2미터 거리로 던진다. 고양이가 초코바를 향해 움직인다.

목이 탄다. 나는 하늘을 향해 입을 벌리고 빗물을 받아 마신다. 왼쪽 가슴에 통증이 있다.

총탄이 가슴에 꽂히던 순간 나는 배를 출발시키고 바다로 뛰어들었다. 상대는 군 전투함이었다. 11번과 조원 1호와 2호를 달아나게 해야 했다. 군 전투함 우측 후방에 요트 한 척이 보였다. 첫 총탄을 발사한 지점이었다. 남자 둘이 총을 쏘아대고 있었다. 나는 요트를 향해 헤엄쳐 갔다.

요트에서 어깨에 총탄을 빗맞고, 가슴에 총탄을 더 맞고 추락한후, 두 시간을 헤엄쳐서 이곳 뭍에 다다랐다. 주위를 살폈다. 깜깜한 밤, 아무도 없었다. 나는 점퍼 지퍼를 열고 방탄조끼에 박힌 총알을 빼내 바다 속으로 던지고 쓰러졌다.

실수, 실패, 실수…… 실패.

떨어진 초코바를 줍는 실수를 범했다. 중국에 외화벌이 간 줄아는 아버지가 돌아오기만을 기다리는 어린아이에 대한 연민이 아니었다. 나는 연민이 없는, 정확히 말해서 연민 따위 감정을 느끼지 않는 사람이다.

작전 중에는 흔적을 남기지 않는다. 작전 중 떨어진 건 수거한다.

내 몸은 훈련받은 대로 반사적으로 움직였을 뿐이다. 그리고 실패했다. 분석, 판단, 실행. 내 분석은 틀렸다. 내 판단도 틀렸다. 11번과 조원들은 모두 사살되었다. 나는 남파 첫 임무를 실패했다. 실패자의 선택은 단 한 가지. 우선 살아야 한다.

나는 난생처음 밟는 땅을 걷는다. 살기 위해서 걷고 또 걷는다. 나는 난생처음 보는 도로를 걷는다. 죽기 위해서 걷고 또 걷는다.

이제 나는 죽어야 한다.

74킬로미터를 걷고 10,244보를 오르니 목표물, 전나무가 보인다. 전나무 아래에 우리 드보크dvoke가 있다. 이미 날은 저물었고, 주위에 사람은 없다. 몸을 낮추고 날카로운 돌멩이를 주워 얼어붙은 흙을 판다. 돌멩이가 나무 상자 윗면에 부딪친다. 상자 뚜껑을 열 수 있을 만큼 땅을 더 판다.

상자에는 체코제 CZ-75를 본뜬 백두산 권총, 2G 핸드폰, 무전기, 난수표, 위조 신분증, 위조 여권, 부삽, 유리병이 들어 있다. 내게 필요한 건 유리병이다. 유리병에서 파란 캡슐 하나를 꺼내 주머니에 넣고 유리병을 다시 상자에 넣는다. 상자를 닫기 전, 눈길이 2G 핸드폰에 머문다. 검고 낡고 표면이 거칠거칠한 모토로라 폰이다.

"우리 걱정은 말고, 조심히 다녀오라."

어머니의 음성이 귓가에 맴돈다. 눈앞에는 자전거를 갖고 싶어 하는 석철이의 피로한 얼굴도, 스마트폰을 갖고 싶어 하는 동희의 가느다란 손목도 어른거린다. 세 사람 다 내가 제대를 하고 중국 무역원으로 선발되어 출장을 떠난 줄 알고 있다.

핸드폰 전원을 켠다. 곧 후회한다. 감정이라는 내부의 적에 휘둘려서는 안 된다. 가족은 지켜야 할 대상이지 감정을 일으킬 대상이 아니다. 나는 실패자이기에 내 마지막 임무를 수행해야 한다. 핸드폰을 끄려는데 벨이 울린다. 있을 수 없는 일이다. 이 핸드폰의 용도는 발신용이지 수신용이 아니다. 잠시 망설이다가 전화를 받는다.

"청천靑天?"

중년 남자의 목소리이다. 내 암호명을 알고 있다. 우리 쪽 사람이다.

"황금성이다. 청천 응답하라."

"청천……."

"이제야 받네. 아이고, 죽갔다야."

남자는 숨을 헉헉거리며 자강도 억양과 서울 억양을 섞어서 말한다.

"쓸데없는 짓 하지 말고 내려와. 빨리!"

서울 억양이다. 가능성을 몇 가지로 추린다. 나처럼 어릴 때부터 이남화 교육을 철저히 받아 서울말을 완벽하게 구사하는 공작원이거나 서울에 오래 거주한 고정 간첩이다. 후자가 더 확실하다. 나처럼 훈련받은 공작원은 조선 땅을 벗어나면 절대로 우리말을 쓰지 않는다. 생각도 잠꼬대도 술주정도 그 나라 말로 해야 한다.

"청천, 계획대로 진행한다."

나는 동요하지 않는다.

"아!"

남자의 목소리가 높아진다. 나는 핸드폰을 꺼서 상자에 넣는다. 부삽을 꺼내고, 상자를 덮는다. 상자를 다시 땅에 파묻고, 부삽으로 다진다. 부삽으로 다진 다음 손바닥으로 다진다. 일어서서 발로 한 번 더 다진다. 매매 다진다.

　영상으로만 본 만수대와 주체사상탑을 떠올리며 조국을 향해 절을 한다. 혁명의 선산을 떠올리며 고향을 향해 절을 한다. 주머니에서 아까 넣어둔 캡슐을 꺼낸다. 치사량의 황산구리이다. 캡슐을 입에 넣는다. 부드럽지만 섬뜩한 느낌이 혀끝에 스며든다. 삼키는 순간, 비밀 작전 특수 별동대 상사, 남파 공작원 청천, 실패자 청천의 임무는 끝난다.

　"아!"

　짧은 비명과 함께 입에서 캡슐이 튀어나온다. 온갖 고통에 반응하지 않는 훈련을 받았지만 무방비 상태에서 나도 모르게 흘러나오는 반사음은 어쩔 수 없다. 뒤통수가 얼얼하다. 손날로 내 뒤통수를 가격한 정체가 드러난다. 전화 속 남자의 목소리가 생으로 들린다.

　"실력 다 죽었네."

　남자가 살지고 기름진 손을 풀면서 내가 들으라는 듯이, 하지만 혼잣말이라는 듯이 말한다. 자기가 한때 실력자였다는 정보를 흘리기 위해서이다. 내겐 풍쟁이의 허세로만 들린다. 1초 만에 남자를 훑는다. 밝은 갈색으로 염색한 머리, 기름이 송골송골한 얼굴, 살이 피둥피둥한 몸태, 굼뜬 움직임새, 헉헉대는 호흡, 미제 운동화. 머리부터 발끝까지 퇴폐 자본주의에 찌든 꼴이다. 20년 이상 거주한 남파 간첩이리라.

"오늘 같은 날은 쟁반라면이지."

남자가 각을 잡고 말한다. 나는 남자를 쳐다보기만 한다. 경계는 하지 않는다. 덩치가 내 두 배는 되지만 옆구리와 명치까지 1초 거리이다.

"아, 미안. 라면을 좋아해서. 오늘 같은 날은 쟁반국수지."

라면이라니. 사상도 썩고 정신도 빠진 자본주의 반혁명분자이다.

"하……."

이번에는 길게 한숨을 뱉듯 의도적으로 소리를 낸다. 남자가 내 뒤통수를 한번 더 갈긴다.

"뭐 하니? 국수보다는 만두지요. 해야지."

"국수보다는 만두지요."

남자의 태도가 너무 자연스럽고 당당하여 나는 남자의 말을 따라 한다.

"청천 상사. 난 황금성."

남자가 내 눈치를 살피며 말을 잇는다.

"정찰국, 상즈아."

정찰국 상좌. 말이 떨어지자마자 나는 자세를 바로 하고 경례를 한다. 상좌가 경례를 받지 않고 손사래를 친다.

"치우라. 인민군 떠난 지 20년이 넘었다야."

상좌는 눈썹 끝에 붙은 내 손을 잡아끌고 악수를 한다.

"다음부터 뒈지려면 낮은 데서 뒈지라. 하기야 여기 있었으니 쉽게 찾았지만."

상좌가 잠시 나를 본다. 안쓰럽고 가엾다는 눈빛이다. 하지만 내 눈에는 사상과 정신을 잃고 자본주의 바람, 아니 태풍을 맞은 상좌가 더 안타깝고 딱해 보인다.

"고향 나두고, 왜 예서 되지려 하네? 까마귀밥이 되더라도 우리 조선 까마귀를 먹여야지. 남한에서는 까마귀도 배가 불러 터졌다야."

상좌가 깔깔 웃는다. 부푼 상좌의 얼굴이 대홍단 뚝감자 같다. 나는 상좌를 바라보기만 한다.

"뭐 하니?"

상좌가 내 얼굴 앞에서 손을 흔든다.

"너무 남한 사람 같으십니다."

내 말은 비난의 화살을 품고 있다. 하지만 상좌는 반색한다.

"응. 그지? 내가 머리부터 발끝까지 이남화 교육 철저하게 받은, 새 세대 공작원이야. 가자, 그만. 더 어두워지면 산 타는 거 위험해."

5년 동안 저녁 6시에 기상하여 야산에서 훈련을 했다. 밤길에 산을 타는 일은 식은 죽 먹기보다 쉬운 일이다. 내게 위험한 건 하나밖에 없다.

"임무를 완수하지 못했습니다. 조원들을 지키지 못했습니다. 죽겠습니다."

나는 땅에 떨어진 캡슐을 주워서 입으로 가져간다.

"그만하라우. 그만."

상좌가 내 손목을 잡고 표정을 엄하게 짓는다.

"청천 상사, 혁명 정신 투철한 거이 내 잘 보고하갔어."

상좌가 자강도 억양으로 말한다.

"명예롭게 죽었다고도 보고해주십시오."

나는 상좌의 손을 뿌리치고 캡슐을 입으로 가져간다. 상좌가 내 손목을 비틀고 캡슐을 빼앗아서 두 개로 쪼개어 바닥에 던진다. 캡슐에서 파란 액체가 흘러나와 마른 풀을 녹인다.

"뒈지는 건 잡히고 나서 하라. 새 임무 완수하고."

새 임무. 공화국이 실패자인 내게 다시 한번 기회를 준다. 나는 상좌를 응시하며 다음 말을 기다린다.

"동무, 당분간 서울에 있어야갔어."

까만 밤과 환한 밤

　밝다. 밝아도 밝아도 너무 밝다. 밤이 어둡지 않다. 논밭 사이에
난 도로 가장자리에도 일정한 간격으로 등을 밝혀놓았다. 시골 도
로인데도 달리는 차가 적지 않다. 차에는 한 사람씩 타고 있다. 간
혹 우리처럼 두 명을 태운 차도 있다. 논밭 너머로 고층 살림집, 남
한 아파트가 보인다. 층층마다 불빛을 밝히고 있다. 현기증이 난다.
자본주의의 허화虛華를 실감한다. 고향의 까만 하늘, 어두운 밤을
밝히던 하얀 촛불, 작은 어깨를 움직이며 바느질을 하던 어머니의
거친 손, 뼈가 가늘고 키가 작은 석철이, 굶주림에 찌들고 햇볕에 그
을린 동희의 흙빛 얼굴이 떠오른다.

　상좌는 말이 많다. 양강도 아래 자강도 강계 출신이다. 상좌가 어
디 출신이냐고 묻는 듯 나를 쳐다보았지만 나는 양강도 혜산 출신
이라는 사실을 말하지 않는다. 상좌는 나와 출신 성분부터 다른
사람이다. 기본 군중은 되리라. 상좌는 김일성사회주의청년동맹,
붉은청년근위대, 조선노동당에 가입하고, 김정일정치군사대학에서
전투원 교육을 받고, 봉화정치대학에서 공작원 교육을 받은 뒤, 정

찰총국의 전신인 정찰국에 있다가 남파했다고 한다. 덕분에 조선에 있는 그의 가족들은 당의 관리를 받으며 평양에서 풍족하게 살고 있다.

내게도 주어진 삶이었다. 나는 열네 살에 5과에 선발되었다. 조선소년단에 입단하여 깃발 앞에서 선서를 하고 붉은 넥타이를 둘렀을 때보다 몇 곱절 더 영예스러운 일이었다. 하지만 아버지는 탐탁지 않아 했다. 그때 아버지는 내가 조선소년단원이 되었을 때 자랑스러워하며 중학교에 가서는 왼쪽 가슴에 청년동맹 휘장을 달라고 격려해주던 아버지가 아니었다. 벽돌처럼 단단한 아버지의 이성과 사상은 모래알처럼 갈렸고, 아버지는 시나브로 감상주의자가 되어 있었다. 감상이, 감성이, 감정이 아버지의 삶을, 내 삶을, 우리 가족의 삶을 모래성으로 만들었고, 바위처럼 견고한 우리의 성을 산산이 부서뜨렸다. 아버지의 반역 때문에 우리는 하루아침에 핵심 군중에서 복잡 군중으로 떨어졌고, 요덕에 있는 지옥으로 끌려갔다. 어린 시절부터 아버지와 절친했던 김정택 소좌가 아니었다면 우리는 지옥에서 살아오지 못했으리라.

"웰컴 투 서울."

상좌가 '서울특별시'라고 적힌 표지판을 가리킨다. 톨게이트 앞부터 차 속도가 늦어진다. 서울로 들어와서는 멈추는 일이 많다. 원료가 부족하거나 차체에 결함이 있어서가 아니다. 차가 너무 많다. 인도에는 사람도 많고, 인도 가장자리에는 한 몸 비집고 들어갈 틈도 없이 고층 건물이 빽빽이 서 있다. 밝고 환하다. 눈이 부신다. 밤이, 밤이 아니다.

소학교에서 내가 배운 남한은 움막촌에 사는 사람들, 다리 밑에서 잠을 자는 아이들, 껌을 파는 아이들, 학비가 없어 학교를 못 가는 아이들, 구걸하는 아이들, 배를 곯는 아이들 천지인 곳이었다. 나는 점심으로 옥수수 반 개를 먹으면서도 통일이 되면 남한 아이들에게 이 옥수수를 나누어 주리라 다짐했다. 그때 나는 연민이라는 감정을 느낄 수 있었다. 남한에 대해 배울 때마다 남한 아이들이 불쌍해서 견딜 수 없었다. '우리의 소원은 통일'이라는 노래를 부르고, '조선은 하나다'라는 구호를 외치면서 눈시울을 붉히곤 했다.

"도착했다."

상좌가 5층짜리 건물 앞에 차를 세운다. 나는 신속히 내려 주변을 둘러본다. 5층짜리 건물이 줄을 맞춘 듯, 일정한 간격을 두고 여러 채 서 있다. '다세대 주택' 또는 '빌라'라는 살림집이라고 한다. 3층 이하 다가구 주택과 달리 다세대 주택은 집집마다 주인이 다른데 상좌 부인이 전체를 샀다고 한다. 한 층에 두 가구가 있고, 상좌 부인 덕에 상좌는 5층을 통째로 쓰고 있다고 한다.

"아 참, 나는 에드워드 황이야. 미국 교포 출신."

상좌가 윙크를 한다. 미제 눈깔 짓에 서울 억양이 간사스럽다.

"황 사장이라고 불러. 가족처럼 편하게 대하라고. 자네 이름은?"

나는 작전명 '청천'만 있을 뿐, 남들이 흔히 부르는 이름은 없다. 비밀 작전 특수 별동대에 입대하는 순간 이름을 지워버렸다. 죄수처럼 72번으로만 불렸다.

"오케이. 내 곧 만들어주지. 이름도, 나이도, 신분도…… 필요한 건 뭐든지 말해. 이제부터 자네는 남한 사람이야. 잘해보자고."

황 사장이 손을 내민다. 나는 손을 뻗어 악수를 한다. 남한 사람답게.

승강기를 탄다. 아무도 없는 승강기 안도 환하다.

"어디 가나 전깃불이 있는 남한인데 승강기에 안내원 동무는 없습니다."

"내 손가락은 멀쩡하고 엘리베이터는 멈출 일도 없는데 안내원이 왜 필요하냐? 그리고 남한 사람들은 힘들고 고된 일은 잘 안 해. 공업소에도 공사장에도 농촌에도 어촌에도 어려운 일은 외국인 노동자가 들어와서 하지."

소학교 시절 동무 아버지가 러시아에 벌목공으로 나갔다가 죽어서 돌아오지 못했다는 소식을 들은 적이 있다. 나는 노동에 대해 대꾸할 말이 많지만 어쨌거나 '상좌 동지'이기에 입을 다문다.

금방 5층에 다다른다. 우리가 내리자마자 복도에 자동으로 전깃불이 들어온다. 황 사장이 현관문에 달린 번호판을 누른다. 전자음이 들리고 황 사장이 현관문을 연다. 황 사장을 따라 집 안으로 들어간다.

한 발을 내딛자마자 총알이 날아든다. 당의 명령 외에 그 누구도 나를 저격할 수 없다. 한 번은 당했어도 두 번은 없다. 나는 즉시 황 사장을 엄호하고 몸을 낮추어 오는 족족 총알을 잡아낸다.

"야야야. 이거 잡으면 안 돼. 맞고 죽어줘야지."

황 사장이 나를 말리고 몸을 옆으로 젖히며 총을 맞은 듯 신음을 토한다.

"헐, 대박!"

남자아이 하나가 조잡한 장난감 총을 달랑거리며 현관으로 나온다. 황 사장은 내가 '대박'이라는 말뜻을 모른다고 생각하는지 님 좀 짱이라구요, 라며 엄지를 추켜세운다. '님 좀 짱'은 눈치로 뜻을 알아차리지만 '대박'을 모를 리가 있나. 괴뢰보수패당 정부의 원수元帥 반통일분자가 말하지 않았던가. 통일은 대박이라고.

"옥탑에 새로 이사 들어오는 누나야. 인사드려."

황 사장이 아이에게 나를 소개한다. 아이는 고개만 까딱한다.

"우리 아들. 초등학교 3학년. 황우빈."

버르장머리 없는 아새끼. 황 사장은 아이를 나무라지 않는다. 남한 아이들은 도덕이 없고, 남한 부모들은 도덕이 아니라 학과만 가르친다는 사실을 들었지만 최고 엘리트 코스를 밟고, 투철한 혁명전사였다는 황 사장마저 남한식 이기적 개인주의 교육에 젖어 있을 줄 몰랐다.

"엄마는?"

"아직."

"밥은?"

"먹었어."

부자 사이에 부자 사이 같지 않은 대화가 오고 간 후, 아이는 좌측 응접실 소파로 뛰어간다. 소파 앞 탁자 위에는 먹다 남은 콜라, 햄버거, 튀긴 감자 같은 미제 음식이 널브러져 있다. 아이는 햄버거를 씹으며 티브이 화면을 켜고 총질을 해댄다. 몸집은 또래 우리 조선 아이들의 두 배이고, 키도 우리 조선 아이들의 머리 꼭대기를 내려다보고도 남을 정도이지만 사격 실력은 엉망이다. 황 사장은 명령에 따라 남한 여자와 결혼하고 정착했지만 부끄럽게도 미제 반혁명분자 아들 하나를 키우고 있다.

"자네도 배고프지?"

배는 고프지만 미제 음식은 먹고 싶지 않다. 황 사장은 나를 우측 부엌방으로 데려가서 식탁에 앉혀 놓고 조리대 앞에 서서 손을 놀린다. 놀랍다. 남한 남자는 부엌일도 한다는 사실을 들었지만 황 사장은 우리 조선 사내가 아닌가. 우리 조선 남자는 부엌일을 하지 않는다. 요즈음에는 여자들이 장마당에 나가면서 부엌일을 하는 남자도 있다고 하지만 내가 아는 한, 조선 사람에게 부엌일은 여자의 몫이다.

황 사장이 연기가 모락모락 피어오르는 하얀 국, 하얀 쌀밥, 김치, 깻잎, 고기 조림 등 맛깔스러운 반찬으로 한 상을 차려 낸다. 나는 시계를 본다.

"정확히 22분 17초 만에 하셨습니다."

"바쁘신 보험 왕 모시고 살려면 이 정도는 아무것도 아니지. 청소, 빨래, 다림질 다 해."

"왜 그런 일을……."

"우리 집 경제는 마누라가 책임지고 있어. 내가 하는 피시, 그러니까 콤퓨따를 놓고 망유람을……."

"영어로 하셔도 괜찮습니다. 기술 봉사소같이 컴퓨터로 인터넷 서핑을 할 수 있는 곳 아닙니까?"

"그래, 요즘 세대는 영어를 많이 배운다고 들었어."

"많이 정도가 아니라 미국놈처럼 잘합니다. 승냥이와 싸우려면 승냥이 말을 알아야지요."

"외국에서 공부하신 원수님 은혜로구나. 내 이남화 교육 철저히 받고 왔어도 영어 때문에 고생 좀 했지. 참, 우리 무슨 얘기 했지?"

"황 사장님 댁 경제를 부인께서 책임진다고 하셨습니다."

"그렇지. 내가 사장으로 있는 피시방도 마누라 거고, 집도 차도 마누라 거고. 자본주의 사회잖아. 돈 버는 사람이 세대주이지."

"황 사장님은 우리 조선 남자입니다. 또 남자가 부엌에 들어가면……."

할머니가 늘 하던 말이다. 남한 물이 파랗게 든 아버지도 부엌일은 하지 않았다.

"걱정 마. 안 떨어져."

"자본주의가 이래서 안 됩니다. 무조건 돈 많이 버는 사람이 최고 아닙니까?"

"설사 돈을 똑같이 벌거나 내가 덜 벌더라도 집안일은 남자가 해야지. 남자가 체력이 더 좋잖아, 아무래도."

나는 대꾸할 말이 없다. 맞는 말 같다. 그런데도 나는 한 번도 의문을 품지 않았다. 조선에서는 여자들이 집 밖에 나가 장사도 하고 집 안에 들어와 집안일도 한다. 배급이 사라지고 공업소 가동이 멈춘 후, 대부분의 남자들은 무위도식無爲徒食한다. 그러면서도 여자들에게 세대주 대접을 받으며 큰소리친다. 손찌검까지 하는 남자도 있다고 들었다.

"배고프겠다. 얼른 먹어."

황 사장이 숟가락을 쥐여 준다. 나는 감사 인사를 하고 쌀밥부터 한 숟갈 뜬다. 상상하던 맛은 아니지만 맛있다.

"순댓국이야. 먹어 봐."

순대를 입에 넣는다. 순대를 먹어 본 지가 너무 오래돼서 정확히 기억나지 않지만 우리 조선 순대와 다르다.

"이상하지? 남한에서는 전분으로 만든 당면을 넣어."

맛없다. 나는 국물을 한 술 뜬다. 너무 짜고 달다. 다른 반찬도 먹는다. 더 달고 더 짜다. 하루 넘게 굶었지만 쌀밥 외에는 넘기기가 힘들다. 하지만 밥과 국을 다 먹는다.

"잘 먹었습니다."

"괜찮았어? 난 표정이 뚱해서 입에 안 맞는 줄 알았지."

내 얼굴에는 표정이 없다. 훈련 덕분이다. 진짜 표정은 사라졌고, 필요에 따라 가짜 표정만 짓는다.

"쌀밥 처음 먹었습니다."

나는 고마운 얼굴을 만들어 보인다.

황 사장을 따라 옥상으로 간다. 옥상에도 살림집이 있다. 남한 드라마에서 보던 옥탑방이다. 앞으로 내가 거주할 곳이다. 황 사장이 여섯 자리 숫자로 된 현관 비밀번호를 알려준다. 이 정도는 한 번만 듣고도 외운다. 내가 비밀번호를 누르고, 황 사장이 먼저 집 안으로 들어가 전깃불을 켜고 나온다.

나는 황 사장을 보내고 집 안으로 들어온다. 빈 공간이다. 따뜻하다. 나무 장이 하나 놓여 있다. 장을 열어본다. 미제 운동화 한 켤레, 양장 구두 한 켤레, 고무 슬리퍼 한 켤레가 있다.

현관에서 한 발짝 너머에 문이 또 있다. 문을 열고 들어간다. 방이 나온다. 후끈하다. 듣던 대로 아궁이는 없다. 나는 점퍼를 벗고 방을 둘러본다. 드라마에서 보던 방이다. 밝고 깨끗하고 넓은 방. 우측부터 좌측으로 침대와 옷장, 책상이 놓여 있다. 책상 앞에는 허리를 젖히고 목을 기댈 수 있는 의자가 있다. 책상 위에는 노트북도 있다. 좌측 벽면에는 싱크대가 붙어 있다. 싱크대 위에는 가스레인지가 있고, 싱크대 아래에는 세탁기가 있다. 하얀 가구와 가전이 하얀 불빛을 받아 더 하얗게 빛난다. 공화국 공작금으로는 어림도 없다. 황 사장이 저 꼴로도 상좌가 되고, 20년 넘게 공작원 지원 사업을 해온 이유를 알겠다. 돈주인 부인 덕택이다.

세탁기 좌측에 문이 하나 더 있다. 목욕실이다. 드라마에서만 보던 수세식 변기, 세면대, 샤워기가 있다. 물탱크는 없다. 드라마에서 남자가 샤워를 하는 장면이 많이 나왔는데 남한에서는 정말 탱크에 물을 받지 않고 목욕을 하나 보다. 우리 조선에서는 물탱크에 물을 가득 받아 놓아야 잘 산다고 했는데 거짓말이다. 남한은 물탱크 없이도 잘만 산다. 세면대를 관찰하고 수도꼭지를 올린다. 물이 뜨겁다. 꼭지를 돌리니 뜨거운 물, 따뜻한 물, 미지근한 물, 시원한 물, 차가운 물이 나온다.

남한 배우처럼 목욕을 하고 침대에 눕는다. 부드럽고 폭신하고 따뜻하다. 남한은 교육 시간에 듣고 드라마로 본 내용 이상으로 풍요롭다. 황 사장의 집에는 넓은 방이 네 칸, 넓은 목욕실이 두 칸, 넓은 부엌과 넓은 응접실이 있다. 공간마다 빛이 나는 가구, 크고 세련된 가전제품이 있다.

큰 냉장고가 머릿속을 맴돈다. 냉장고 안에도 밖에도 음식이 가득하다. 채소도 과일도 고기도 미제 음료도 가득 있다. 큰 통에 담긴 아이스크림도 세 개나 있다. 반찬은 내 입에 맞지 않지만 처음 넘긴 쌀밥의 맛은 고소하고 달았다. 한겨울에 딸기를 먹었다. 눈물처럼 시원하고 설탕물처럼 달콤했다.

강성 대국이 된 우리 조선을 꿈꾼다. 이기적 개인주의, 퇴폐 자본주의, 반민족반통일분자, 미국산 앵무새, 매국 역적, 괴뢰군부 망종이 없는, 풍요롭고 환하고 따뜻하기만 한 우리 조국. 그때까지 내 목숨을 바쳐 임무를 완수하리라고 다짐한다.

잠이 오지 않는다. 황 사장은 이제부터 이곳이 내 집이라고 했지만 이곳은 분명 내 집이 아니다. 기분이 이상하다. 정체 모를 감각이 온몸을 휘감는다. 생경하고 들썩대면서도 찝찝한 느낌이다. 요덕 15호 관리소에서도, 별동대 훈련소에서도, 처음 남한에 왔을 때도 느끼지 못한 기분이다. 그만, 멈추어야 한다. 더 이상은 위험하다.

내일은 황 사장에게 물 받는 통과 바가지를 사달라고 해야겠다. 자본주의자처럼 전기와 물과 연료를 낭비해서는 안 된다. 자원과 물자는 소중하다. 아껴야 한다.

새벽 2시가 넘었다. 창밖은 여전히 환하다. 가로등도, 도로 건너 고층 아파트의 불빛도 그대로이다. 저 불빛은 언제 사라질지……. 나는 우리 조선의 새까만 밤이 좋다.

진짜 서울 남자

무료하다. 태어나서 처음으로 맛보는 무료한 일상이다. 지난 1년 동안 5시에 기상해서 동네 뒷산을 오르내리고, 8시에 황 사장이 운영하는 피시방에 출근했다. 카운터 안쪽 작은 사무실에서 인터넷으로 남한을 학습했다. 내 학습 과제는 남한 초·중·고등학교의 교육 내용이었다. EBS 강의를 들으면서 열 달 동안 학습 내용을 익혔다. 요즈음은 카운터를 보면서 황 사장이 가입한 카페에 들어가 글을 읽거나 포털사이트에서 뉴스를 읽는다.

13시부터 19시까지는 피시방 아래, 1층에 있는 편의점에서 근무하고, 집으로 돌아와 황 사장이 사다 준 책을 읽는다. 월북자 출신으로 이남화 교육을 담당하는 공 선생이나 드라마에서 배운 것과는 다른 내용이다. 남한에서 사년제 대학을 졸업한 사람이 갖춘 교양 지식을 습득한다. 매일 똑같은 날이다. 황 사장은 임무를 수행하기 위한 남한 적응 훈련이라고 했다.

열여섯 살부터 10년간 하루 열두 시간씩 전투원과 공작원 훈련을 받았다. 자전거 타기부터 시작해서 요인 암살까지. 서울말부터 시작해서 영어, 중국어, 일본어, 러시아어, 아랍어, 프랑스어까지. 남파 첫 임무를 실패했기 때문일까. 출신 성분 때문일까. 기다리는 임무는 좀처럼 내려오지 않는다.

요덕 관리소에서 살아 나오는 대가로 죽음을 선택했다. 내가 죽은 후에야 어머니, 석철이, 동희는 관리소에서 나올 수 있었다. 나는 비밀 작전 특수 별동대에 입대했다. 내 토대에 입대라니 꿈만 같았다. 원수님, 당, 나와 우리 가족을 살려준 김정택 소좌에게 감사했다. 하지만 내가 생각한 군은 여느 군부대와 달랐다. 여덟 살짜리 어린 동무부터 이십대 동무까지 다양한 연령대의 남녀가 있었다. 교화소나 관리소에서 온 동무들이었다. 영특하고, 체격이 우월하고, 본인의 당성에는 문제가 없으나 출신 성분이 좋지 않은 동무들이었다. 가족이 노동 교화형을 받더라도 두 눈을 뜨고 두 팔을 흔들며 두 다리로 걸어서 관리소를 나온 사실만으로도 동무들은 원수님과 당에 감사하며 충성을 맹세했다.

하루 한두 끼를 먹고 생사를 넘나드는 훈련을 받았지만 부대는 요덕 관리소에 비할 바가 아니었다. 구타는 있었지만 고문은 없었다. 종일 무릎을 꿇고 벌 받는 일도 없었다. 취침 시간에는 다리를 뻗고 누울 수 있었고, 소금국과 염장 채소도 먹을 수 있었다. 무엇보다 희망이 있었다. 내가 원수님과 당, 수령과 당의 군대에 충성하고 조국과 인민을 위해 총폭탄 정신으로 임무를 완수하면 우리 석철이와 동희는 출신 성분을 뛰어넘어 군대에도 가고 당원도 되고 고향으로 돌아가 하루 세끼 먹으리라는 희망이 있었다.

"눈 온다야. 화이트 크리스마스가 되겠어."

황 사장이 외투를 털면서 피시방으로 들어온다. 오늘 같은 날에 화이트 크리스마스 타령을 하며 웃음을 짓는다. 나는 두 눈을 치뜨고 황 사장을 본다. 12월 24일. 위대하신 공산주의 혁명투사 김정숙 어머니 탄일에 화이트 크리스마스라니 극악한 역도의 망발이다.

소학교 1학년 때 외국에서 살다 온 동무에게 크리스마스와 산타클로스에 대해 들었다. 그날 저녁 아버지에게 나도 크리스마스에는 산 타는 할아버지에게 선물을 받고 싶다고 했다가 꾸지람을 들었다. 그랬던 아버지가 두만강을 건너기 1년 전, 김정숙 어머니 탄일에 내 머리맡에 책을 한 권 두고 갔다. 백석 시집 『사슴』이었다. 다음 날, 아버지는 산타클로스와 나만 알고 있는 비밀이라고 했다. 비밀을 누설하면 산타클로스가 보위부에 잡혀가서 다시는 못 온다고 했다. 나는 1년간 비밀을 지켰지만 다음 크리스마스 때에는 산타클로스도, 아버지도 내 머리맡에 선물을 두고 가지 않았다. 대신 보위부원이 들이닥쳐 어머니와 나와 동생들을 겁박하고 집 안을 헤집었다. 그때 『사슴』도 잡혔다. 아버지의 서랍에 포장된 채로 있던 『하늘과 바람과 별과 시』도 사라졌다.

"가난한 인민은 소외되고 부자만 행복한, 부르주아 축제가 뭐가 좋습니까?"

황 사장이 내 옆에 앉자 나는 목소리를 낮추고 말한다. 황 사장이 환하게 웃으며 자리에서 벌떡 일어난다. 피시방 단골인, 버르장머리 없는 아새끼가 컵라면을 주문한다. 쌍간나새끼! 또 내게 윙크를 하며 손가락으로 만든 하트를 날린다.

야, 어린노무 새끼, 눈깔이 고딴씩으로 한번만 더 놀리면 눈알을 뽑아버리갔어, 라고 소리치고 싶지만 말하지 않는다. 대신 책장을 편다. 저놈이 지난가을, 나 몰래 책장 속에 끼워둔 은행잎을 꺼내 손끝으로 바스라뜨린다.

"재수 없게 어떤 새끼가 죽은 이파리를 넣어 놨어?"

나는 저놈이 듣게 큰소리로 말한다.

황 사장은 미소를 풀지 않고 라면과 젓가락을 건네고 가격을 말한다.

"자본주의 미소야. 여기서는 돈 내는 사람이 수령님, 장군님, 원수님보다 세."

피시방에 처음 온 날, 황 사장이 말했다. 나는 남조선 인민의 미소는 미제 자본주의 역도의 저질 짓거리라고 비판했다. 하지만 생각이 좀 달라졌다. 요즈음 남한 국민은 유신 잔당 집권자를 탄핵하기 위해 매일 촛불을 들고 광화문 앞에서 시위를 한다. 촛불 시위라니. 그깟 촛불에 집권자가 물러나겠는가. 남한에서 하는 민주주의는 참 약하고 착하다. 촛불 민주주의자들은 종일 인터넷에서 상대를 거짓으로 비방하는, 고약한 남한 쥐새끼와는 다르다. 나는 약하고 착한, 남한 인민을 응원한다. 과거처럼 남한 괴뢰도당 집권자가 총과 탱크로 남한 인민을 짓밟지 않기를 바란다.

"우리 조선이야말로 지상낙원이었지."

황 사장이 내 눈치를 살피며 자리에 앉는다. '그때 그 시절' 이야기가 또 나올 참이다.

"살림집도 공짜지. 의복도 식량 배급도 척척 나오지. 학교도 병원도 다 공짜지. 늙어서 일 못하면 연금 나오지. 우리 마누라가 보험

왕이잖니? 여긴 사회보장이 잘 안 돼 있어서 개인이 의료비, 사고, 노후를 대비해서 미리 보험사에 돈을 바쳐야 한다고. 학비가 비싸서 교육보험도 넣잖아. 너 모르지? 나 어렸을 적에는 저녁마다 마을에 배급차가 왔어. 집에서 밥을 안 해도 배급차에서 밥도 주고 국도 주고 반찬도 줬다니까. 배급은 얼마나 많았게? 특히 명태는 너무 많이 줘서 서로 안 갖겠다고 했다니까. 나 때는 말이야, 군에서도 세끼 꼬박꼬박 잘 먹었지.”

황 사장의 '그때 그 시절' 이야기는 자신이 혁명 2세대, 새 세대 공작원이라는 사실로 이어진다. 자기가 얼마나 우수한 군인이자 공작원이었는지 한참 자랑을 늘어놓는다. 그리고 요즘 애들은 말이야 강인한 정신이 없어, 로 끝을 낸다.

나는 황 사장의 말을 자연스럽게 끊고 자리에서 일어난다. 밥 먹고 가라는 황 사장의 말을 뒤로하고, 피시방을 나와 내 직장 편의점으로 향한다.

퇴근시간이 되자 점장이 왔다. 나는 고개를 꾸벅거리고 얼른 카운터를 빠져나온다. 점장에게 붙잡히고 싶지 않다. 점장은 말이 많다. 여자 '황 사장'이다. 처음에는 정보를 습득하는 데 도움이 될까 싶어 상대해주었으나 대부분은 내 신상을 캐는 질문이었다.

“어, 내 스쿠터!”

옷을 갈아입고 나오는데 점장이 소리친다. 남자아이와 여자아이가 점장의 스쿠터를 훔쳐서 달아난다. 나는 점장보다 앞서 밖으로 나간다. 마침 남자 하나가 자전거를 끌고 편의점으로 온다. 피시방과 편의점에 자주 오는 단골이다.

"자전거 좀 빌리겠습니다."

자전거에 올라타 페달을 밟는데 남자가 자전거를 붙잡는다.

"같이 가요."

"12분만 빌려 타고 돌려드리겠습니다."

남자는 자전거를 놓지 않는다.

"저 아시죠?"

"아니요."

"2층 피시방과 여기 편의점 알바입니다. 꼭 돌려드리겠습니다."

"우리 애들이에요. 같이 잡아요."

나는 남자를 훑어본다. 평소에는 단벌 양복쟁이였는데 오늘은 동네 백수 차림이다. 야구모자와 뿔테 안경 밑에 숨은, 젊은 얼굴, 무릎이 튀어나온 트레이닝 바지 아래에 감춰진 근육으로 보아 중학생으로 보이는, 저 아이들의 부모 같지는 않다. 그사이 남자는 뒷자리에 타서 출발하라고 외친다. 나는 일단 출발한다.

"진짜 그쪽 아이들 맞습니까?"

"왜요? 자전거 지키려고 쫓아왔을까 봐요?"

진짜 서울 남자의 서울말. 미제 가루처럼 간지럽고, 미제 기름처럼 느끼하다.

"뒤꽁무니만 보고 어떻게 압니까?"

"내 새끼인데 얼굴을 봐야 아나요? 실루엣만 보면 척이지."

아이들은 골목을 벗어나 큰길로 나간다. 다행히 운전이 미숙하다. 도로 한가운데를 차지했지만 속도도 내지 못한다. 남자가 아이들을 향해 멈추라고 소리를 지른다. 뒷자리에 앉은 소녀가 남자를 보며 인상을 쓴다. 악단처럼 화장을 진하게 하고. 검고 빳빳한 생머리를 휘날린다. 한눈에 봐도 놀새 날라리이다.

"쌤! 스타일 뭐예요? 완전 구려요."

날라리 소녀가 소리친다.

"너네 괜찮아? 위험해. 천천히 멈춰."

남자도 고함을 지른다.

"쌤이 더 위험할 걸요. 쫓아오지 마세요."

"멈춰! 얘들아. 차세웅. 세웅아. 멈춰!"

"말 시키지 마요. 집중 안 돼요."

뒤에서 자동차가 경적을 울린다. 나는 자전거를 오른쪽 도로변으로 몬다. 차세웅이라는 날라리 소년이 뒤를 돌아보다가 나를 본다.

"우측으로 몰아."

차세웅이 도로변으로 스쿠터를 이동하고 나를 힐끔댄다.

"누구예요?"

"멈추자. 제발."

"쌤 부인이에요?"

"헐. 쌤 결혼했어요?"

날라리 소녀가 묻는다.

"멈춰. 내가 너네 때문에 장가도 가기 전에 화병 나서 죽겠으니까."

"그럼 여친?"

"대박. 여친 있어요?"

나를 사이에 두고 날라리들과 남자가 내 이야기를 한다. 나는 속력을 높인다.

"예쁘냐?"

　차세웅이 남자의 대답을 듣지도 않고 날라리에게 묻는다.

"괜찮아. 촌스럽고 표정이 좀 구리지만."

　쌤이랑 새끼들 사이, 아마 사제지간이리라. 스승과 제자 사이에 되도 않은 대화가 오고간다. 날라리 소녀가 나를 훑는다. 날라리의 시선이 내 다리에 머문다.

"빠르고. 엄청 빨라."

　나는 스쿠터를 따라잡고 나란히 달린다.

"와 씨발, 개빨라."

　씨발 소리. 개 소리. 피시방에서, 편의점에서, 골목에서, 어디에서든 남한 아새끼들이 가장 자주 내뱉는 말이다.

　나는 페달을 밟으면서 스쿠터에 바짝 붙어서 손으로 스쿠터를 세운다. 자전거를 몰아서 스쿠터 앞을 막아선다. 남자가 자전거에서 내리며 소리친다.

"괜찮아? 너네 다 죽었어."

"쌤, 여친 대박!"

"여친 아니고, 스쿠터 주인이셔. 어서 사과 드려."

"에이."

　남한 아새끼들 도덕 없고 예절 없는 건 1년 동안 피시방과 편의점에서 충분히 겪었다. 차세웅과 날라리 소녀도 만만치 않다. 선생한테도 이럴 줄 몰랐다. 우리 조선에서는 꿈조차 꿀 수 없는 일이다.

"절도야. 이분이 신고하시면 너희 경찰서 가야 돼."

"쌤 여친인데 설마 우리를 신고하겠어요?"

날라리 소녀가 나를 쳐다본다.

"잠깐 빌린 거예요."

날라리는 차세웅을 잡아끌고 내뺀다. 쌤이라는 작자는 아새끼들을 부르다가 포기하고, 내게 허리를 굽혀 사과한다. 나는 자전거를 건넨다.

"아, 예. 감사합니다."

남자는 죄인처럼 고개를 숙인다.

스쿠터를 끌고 가는데 남자가 잠시만, 하고 나를 세운다.

"죄송합니다. 우리 애들은……."

아새끼들과 더 이상 엮이고 싶지 않다. 더군다나 경찰서와는 절대 엮여서는 안 된다.

"찾았으니 괜찮습니다."

나는 스쿠터를 타고 자리를 뜬다. 감사합니다, 라고 외치는 남자의 음성이 들린다.

눈이 쏟아지듯 내린다. 남자의 말투도, 내 살갗에 닿는 눈도 간지럽다.

도덕 없는 아새끼와 얼뜨기 선생

괴이한 일이다. 배가 부른데, 하루 세끼 쌀밥을 먹는데 아이들은 왜 도둑질을 할까? 우리 조선 아이들은 생존을 위해 도둑질을 한다. 음식으로 바꿀 수 있는 건 다 훔친다. 아니, 훔쳐야 한다. 남한 아이들을 이해할 수 없다. 도둑질까지 할 줄은 몰랐다. 묻고 싶다.

배가 부르면 된 거 아니니?

익숙한 얼굴이 카운터로 다가온다. 긴 생머리, 시뻘건 입술, 검은 미니스커트, 얇은 스타킹, 굽 높은 구두. 스쿠터를 훔친 날라리 소녀. 날라리는 카운터 앞에서 팔짱을 끼고 비뚤게 서서 턱을 쳐들고 묻는다.

"언니, 저 알죠?"

"몰라."

"이 언니 봐라."

"너 같은 동생 둔 적 없다."

"언니가 여기 사장이에요?"

대답하지 않는다. 날라리는 무안하지도 않은지 계속 묻는다.

"건물 주인? 언더커버 보스 같은 거?"

"난 너한테 관심 없어."

"나도 언니한테 관심 없거든요? 그냥 우리 쌤 여친이라서 물어봤지."

"여친 아니야."

"그럼요?"

날라리가 카운터에 손을 내려놓고 묻는다.

"물건 사러 온 거 아니면 나가라."

"손님이거든요."

날라리가 내 뒤쪽 진열대를 향해 검지를 뻗는다.

"저거요. 라이터도 같이."

나는 날라리를 가만히 본다. 기가 찬다. 소녀나 소년들이 담배를 사러 오는 경우가 종종 있다. 위조 신분증을 갖고 오거나 아저씨 같은 얼굴로 와서 성인인 척한다. 때로는 돈이면 뭐든 하는 자본주의 망종 어른이나 노인에게 부탁해서 담배를 사게 한 다음, 담배 몇 개비를 주거나 심부름값을 지불한다. 그런데 이 날라리는 뭐지 싶다. 내 뻔히 자기가 미성년자인 줄 알거늘 무엇을 믿고 이리 떳떳하게 담배와 불을 요구하는가. 나는 날라리에게 시선을 떼며 한숨을 내쉰다.

"왜요? 담배 사러 온 손님 처음 봐요?"

"당당하게 담배 사러 온 중학생은 처음 본다."

"지금 봤으니까 빨리 줘요."

내가 느낄 수 있는 단 하나의 감정, 분노가 슬금슬금 올라온다.

분노는 조국을 위해서만 일어야 하는 감정이다. 조국이 모욕당했을 때, 적이 앞에 있을 때 끓어야 하는 감정이다. 그런데 한주먹거리도 안 되는 남한 날라리 소녀한테 분노가 생기다니 그새 정신이 나약해졌다. 감정을 통제하고 문제를 해결하자.

"안 팔아."

날라리가 신용카드를 내민다.

"왜 이래요? 파는 거 다 아는데……."

"안 팔아."

"좀 팔죠?"

"가라."

"씨발, 배가 불러 터졌네. 여기 아니면 누가 못 살 줄 아나?"

날라리가 발을 탕탕 구르며 편의점을 나간다. 밖에 있던 차세웅이 날라리를 쫓아간다.

일진이 나쁘다. 퇴근시간 무렵에는 쌤이라는 작자가 왔다. 학생에게 존경은커녕 선생 대접도 못 받는 천하의 얼뜨기. 얼뜨기는 날라리보다 더 이상하다. 벌건 얼굴로 비틀거리며 편의점 안을 돌아다니다가 테이블에 앉는다. 나를 보며 손을 흔든다.

"맥주 기본이요."

나는 얼뜨기를 쳐다만 본다.

"왜요? 술 주문하는 사람 처음 봐요?"

얼뜨기가 혀를 꼰다. 이마를 찌푸리고 손바닥으로 제 가슴을 친다.

"저요, 학생 아니고 선생이거든요. 선생 어른 성인. 그러니까 술

쥐요. 술."

얼뜨기는 손을 흔들며 빨리 빨리, 라고 외친다. 나는 눈과 손으로만 음료 진열대를 가리킨다.

"아, 셀프 썰비스."

얼뜨기는 혀를 굴리며 미제 발음을 뱉는다. '엘'을 너무 곧이곧대로 정직하게 발음해서 부자연스럽다.

얼뜨기가 자리에서 일어나 진열대 쪽으로 간다. 미끄러질 듯 비틀댄다. 가게에서 손님이 상해를 입으면 가게가 책임을 져야 한다. 나는 카운터 밖으로 나가서 얼뜨기를 부축한다. 키가 나보다 한 뼘 더 큰 얼뜨기가 내게 몸을 기댄다. 나와 눈을 맞추며 배시시 웃기까지 한다. 나는 술 냄새에 고개를 돌렸다가 얼뜨기를 일으켜 세운다. 얼뜨기는 맥주를 가리킨다. 나는 한 손으로는 맥주를 집어 들고, 다른 손으로는 얼뜨기를 잡고 카운터로 돌아온다.

"웨이럴, 안주는 뭐가 좋을까요?"

대꾸하지 않고 진열대로 가서 아무 과자나 하나 집어서 카운터로 가져온다. 얼뜨기가 양손을 들고 내 앞을 막아서더니 검지를 치켜들고 흔든다.

"노우노우노우. 안주는 피넛 앤 오우징어지."

스뀌드squid 대신 '오우징어'를 미제 말처럼 발음한다. 마찰음 '지z' 발음이 거슬린다. 얼뜨기는 비틀거리며 땅콩과 오징어 쪽을 향한다. 나는 얼뜨기를 멈춰 세우고 오징어와 땅콩을 가져와서 카운터 위에 올려놓는다. 카운터 안으로 들어가서 캔맥주 두 개, 과자, 오징어, 땅콩 한 봉씩 바코드를 찍는다.

"비니루도."

나는 비닐봉지에 물건 담아 얼뜨기에게 건네며 값을 알려준다.

"가라고?"

"계산해주십시오. 손님."

얼뜨기는 각진 가죽 가방에서 주섬주섬 지갑을 꺼내고, 더듬더
듬 지갑을 열어서 신용카드를 뽑으려 하지만 카드가 잘 나오지 않
는다. 아둔한 얼뜨기. 나는 카드를 뽑아서 읽히고, 영수증을 뽑고,
카드를 지갑에 넣고, 지갑을 가방에 넣어주며 말한다.

"안녕히 가십시오. 손님."

얼뜨기는 나갈 생각은커녕 나를 빤히 바라만 본다. 나는 표정 없
이 얼뜨기를 맞본다. 얼뜨기가 졸린 눈을 크게 뜬다. 나도 지지 않
는다. 잠시 둘 사이에 눈길싸움이 오고간다. 얼뜨기가 눈을 깜박거
린다. 내가 이긴다.

"우리, 어디서 본 적 있죠?"

얼뜨기는 카운터 테이블에 팔을 올려 턱을 괴고 묻는다.

넌 못 본 걸로 하고. 네 말은 남한 드라마에서 많이 들었다. 남한
말로 '철벽'은 내 특기이다. 나는 어린놈이든, 늙은 놈이든, 미남이
든, 추남이든, 남한 사내들의 수작질은 상대하지 않는다.

"안녕히 가십시오. 손님."

얼뜨기는 손을 흔들며 바이, 하더니 테이블로 간다. 테이블 위에
봉지와 가방을 내려놓고 자리에 앉는다.

"웨이럴, 맥주 기본. 부킹은 됐어."

얼뜨기는 자리에서 일어난다. 구두를 벗고 몸을 흔든다. 흥겹게,

웃기게, 요상하게 동작이 변한다. 얼뜨기 더하기 미친놈. 얼뜨기가 나를 힐금대며 몸을 흔든다. 개수작질. 황 사장이 말했다. 남한에는 미모와 말발로 여자를 홀려서 등쳐먹는 간나새끼가 있다고. 싸이코보다 더 조심해야 하는 부류, 방울뱀 또는 좃뱀이 있다고. 경계경보를 발령한다. 나는 얼뜨기의 개수작질을 모른 척하다가 점장이 오자마자 서둘러 퇴근한다.

나는 좀처럼 피로를 느끼지 않지만 오늘은 피로하다. 얄궂은 피로이다. 60킬로그램이 넘는 핵 배낭을 메고 열 시간을 행군하고도 느끼지 못한 피로이다. 날라리 소녀와 싸이코 얼뜨기 때문이다. 남한에서 말하는 스트레스인가. 오늘은 달리지 않고 걸어서 집으로 간다.

"보내라구. 씹탱아."

놀이터이다. 자주 목격하는 장면이다. 우리 조선에도 소년 깡패들이 싸움질을 많이 한다. 구역마다 무리를 지어 패거리를 만들고 패거리들끼리 싸운다. 남한 소년 깡패는 우리 조선 소년 깡패에 비해 몸도, 정신도 약하다. 사실 깡패라고 부르기도 창피하다. 세상 변변치 못하고 하찮은 놈들이 저보다 약해 보이는 아이들을 괴롭히면서 돈과 물건을 갈취한다.

오늘은 낯익은 얼굴이 있다. 가로등 환한 불빛 아래에서 날라리 소녀가 모래를 발로 팅기며 소리를 지른다. 차세웅은 보이지 않는다. 차세웅보다는 키가 한 뼘, 허리통이 십 센티미터 정도 더 굵은 소년이 있고, 허리통 소년의 똘마니로 보이는 소년 둘이 있다. 허리통 앞에는 초등학생 두 명이 무릎을 꿇고 앉아 있다. 날라리와 허리통이 언쟁을 한다.

"볼일 보잖아."

"뭘 볼일? 삥?"

"후배들 정신교육하잖아."

"정신교육은 너나 받고, 너네는 꺼지고."

의외이다. 날라리가 초등학생 편을 든다. 초등학생은 허리통의 눈치를 살핀다.

"얼른."

"씨발, 딱 서라."

"꺼져라."

눈길싸움과 욕설을 처바른 언쟁 끝에 날라리가 이긴다. 초등학생들은 도망친다.

"너도 꺼지고."

날라리가 담배를 꺼내 입에 문다. 다른 편의점에서 산 모양이다. 돈만 되면 뭐든 하는 자본주의자 장사꾼이 문제이다. 날라리가 불을 당기는데 허리통이 손가락으로 라이터를 튕기며 소리를 지른다.

"아, 씨바 좆같은 년이 누구 사업을 방해하고 지랄댕이야?"

날라리는 담배를 바닥에 내던지고 허리통의 머리통을 갈긴다. 긴 욕을 한다. 시멘트, 아갈통, 갈아버릴, 좆만 한, 씹새…… 알아들을 수 없는 욕도 한다. 허리통이 왼손으로 날라리의 멱살을 잡고 오른손으로 날라리 머리 위로 치켜든다. 골목에서 차세웅이 달려온다. 차세웅은 허리통의 팔을 덥석 잡는다. 허리통은 가벼운 손짓으로 차세웅을 털어내고 바로 차세웅의 턱을 갈긴다. 날라리도 가만있지 않는다. 길고 생소한 욕을 해대며 주먹으로 허리통의 명치를 가격한다. 급소이다. 허리통이 몸을 낮추며 잠시 주춤한다. 날라리가 허리통의 뒤통수를 마구 때린다. 차세웅이 말린다. 허리통이 자세를 바로잡고 날라리의 목덜미를 잡는다. 차세웅이 끼어든다. 똘마니들도 나선다. 다섯 명이 엉긴다. 모래 먼지 가운데 온갖 욕설이 난무한다.

"얘들아!"

얼뜨기이다.

"야, 보름중학교 1학년 4반!"

아새끼는 고개를 들어 얼뜨기를 한번 보고 다시 엉겨 붙는다. 얼뜨기까지 지갑이 든 각진 가죽 가방을 던지고 아새끼에게 달려가 엉겨 붙는다. 얼뜨기는 아새끼를 말릴 모양인데 몸을 휘청대며 자꾸만 밀려난다. 그사이 날라리의 주머니에서 담배가 떨어지고, 차세웅의 주머니에서 라이터가 떨어지고, 얼뜨기의 상의 주머니에서 핸드폰이 떨어진다. 얼뜨기의 손에서 검은 봉지도 떨어진다.

담배도 라이터도 핸드폰도 검은 봉지도 아새끼에게 짓밟히고, 검은 봉지에서 나온 과자와 오징어와 땅콩도 짓밟힌다. 캔맥주도 터진다. 얼뜨기는 결국 오른쪽 발목을 접질리며 넘어진다. 다시 일어나지 못한다. 선생 앞에서 싸우는 아새끼며 아새끼 싸움 하나 못 말리는 선생이라니, 남한 민주주의는 요지경이다. 약하고 착하고 하찮다.

"애들 좀 말려봐요."

얼뜨기가 나를 발견하고 소리친다. 땅을 짚고 일어나 허리통의 팔을 잡는다. 허리통은 팔을 젖혀 얼뜨기의 팔을 꺾고 얼뜨기는 비명을 지르며 얼굴을 일그러뜨린다. 팔에 금이 갔을 테다.

1년간 내 뼛속에 봉인한 전투 정신이 살아난다. 나는 전장으로 들어간다. 오른손으로 허리통을 제압하고 왼손으로 똘마니 두 명, 오른쪽 다리로 차세웅까지 압박한다. 아새끼는 이거 놓으라며 발버둥 친다.

"어, 형사님!"

날라리가 나를 보며 인사한다. 나는 '형사'라는 소리에 긴장하여 아새끼들을 풀어준다. 허리통과 똘마니 둘은 꼬리에 불붙은 쥐새끼마냥 도망친다. 아무도 무서워하지 않는, 남한 아이들이 형사는 좀 무서워하나 보다.

"쌤, 미안해요."

날라리가 모래바닥에 뒹구는 담배와 라이터를 주우며 튈 준비를 한다.

"네 거야? 끊었다며?"

"학교 안에서는 끊었죠. 학교 밖에서도 끊으려고 했는데……"

차세웅이 나를 가리킨다.

"쌤 여친이 팔았어요. 저기요, 아줌마, 미성년자한테 담배 파시면 안 되죠."

날라리와 차세웅이 도망친다. 나는 한 발짝 쫓아가 날라리의 팔을 잡는다.

"놓으시죠."

차세웅이 몇 발짝 떨어져서 소리친다. 날라리는 몸부림을 치며 놓으라고 발광한다. 내 누명을 벗기까지 날라리를 놓아줄 생각은 없다.

"수습해."

"이거 성추행이야, 놔."

"아줌마가 잡아도 성추행이야?"

차세웅이 날라리에게 묻는다.

"놔. 미성년자 폭행이야. 신고할 거야."

신고라는 말에 나는 날라리를 놓아주고 노려본다. 날라리는 당당하다.

"이 언니, 자꾸 엮이네. 언니, 자꾸 내 앞에 나타나서 태클 놓지 말구요. 부실한 남친이나 챙겨요."

날라리는 산발을 날리며 도망간다.

"쌤하고 얘기 좀 해. 얘들아!"

얼뜨기가 목청껏 놀새 날라리들을 부르지만 날라리들은 뺑소니치기 바쁘다. 얼뜨기가 일어나려다가 아, 소리를 내며 주저앉는다.

다시금 피로감이 밀려온다. 다시는 얼뜨기, 날라리와 엮이지 않으리라. 걸음을 떼는데 얼뜨기가 내 바짓가랑이를 붙잡는다.

"죄송하지만, 저 병원에 좀 데려다주시면……."

얼뜨기는 고개를 살짝 기울이고 비굴한 미소를 짓는다.

"되겠죠?"

"안 됩니다."

"팔이 이상해요."

얼뜨기는 이상하다는 팔을 굳이 만지면서 신음을 토한다.

"아, 발목도……. 설 수가 없어요."

나는 한숨을 쉰다. 자세를 낮추고 얼뜨기의 팔을 건드린다. 얼뜨기는 눈을 질끈 감으며 아프다고 소리를 지른다. 나는 얼뜨기의 목에 걸린 목도리를 풀어 지지대를 만들어준다. 얼뜨기의 구두를 벗기고 다친 발을 돌려본다.

"골절은 아닙니다. 천천히 일어나십시오."

"그전에 이것 좀 치워주시면…… 되겠죠?"

"안 됩니다."

"네, 제가 치워야죠. 내 새끼들이 싼 똥인데……."

얼뜨기는 앉은 채로 한쪽 팔을 뻗어 봉지가 터져 흩어진 땅콩을 검은 봉지에 담는다. 나는 얼뜨기를 쳐다본다.

"쓰레기 버리고 가면 안 되잖아요."

선생이 새끼 똥은 버리고 가면 안 되고, 새끼한테 맞고 가는 건 괜찮니?

내 알 바 아니다. 나는 얼뜨기를 내버려두고 내 갈 길을 간다.

"신고는……."

얼뜨기의 한마디에 걸음을 멈춘다.

"안 할게요."

나는 얼뜨기를 돌아본다. 얼뜨기는 땅콩을 한 알 한 알 주우며 말한다.

"미성년자한테 담배를 파셨지만 신고는 안 할게요. 다음부터는 그러지 말아요. 학교에서 가정에서 금연 교육하면 뭐 하나요? 파는 사람이 있는데…….”

이런, 시멘트……. 그 아새끼에 그 선생이다. 나는 이를 악물고 몸을 낮추어 땅콩을 봉지에 담는다. 한 알, 한 알씩. 모래 먼지를 털어가면서.

얼뜨기는 일어나려고 하다가 휘청거리며 넘어진다. 나는 핸드폰을 주워서 얼뜨기의 손에 쥐어 준다.

“사람 부르십시오.”

“핸드폰 좀 빌려주세요.”

남한 기술도 별거 아니다. 얼뜨기의 핸드폰은 몇 번 밟혔다고 그새 맛이 갔다. 내 주머니에 핸드폰이 있지만 노출할 수 없다. 이런, 씹새.

“병원까지 갑시다.”

나는 얼뜨기의 멀쩡한 팔을 잡으며 얼뜨기를 부축한다.

“잠깐만요.”

얼뜨기는 고장 난 핸드폰을 주머니 안에 넣고 검은 봉지를 챙긴다. 캔맥주랑 오징어를 검은 봉지에 담는다.

“맥주 하나랑 오징어는 멀쩡해요. 이것도 다 돈인데…….”

남한 교원은 월급을 적게 받나? 부모나 학생이 뇌물을 안 주나? 얼뜨기는 입음새도 모양새도 먹새도 말새도 참 궁상스럽다. 지금 하고 있는 꼴을 보자니 장마당에 갖다놔도 어색하지 않다.

얼뜨기가 갑자기 맥주랑 오징어를 내팽개친다. 얼뜨기의 눈시울이 붉어진다. 울기까지 하려나?

“아픕니까?”

"아파요."

"어디가 아픕니까?"

"마음이요. 마음이. 마이 할트가 아파요."

얼뜨기는 제 가슴을 치다가 캔맥주를 든다. 나는 캔맥주를 빼앗는다.

"다쳤잖아요. 술은 안 됩니다."

"그럼 뭐가 돼요? 핸드폰은 아직 할부도 안 끝났고, 땅콩은 흩어지고, 오징어는 밟히고, 맥주는 터지고……."

얼뜨기가 검은 봉지에서 과자를 꺼내 뜯는다.

"과자는 가루 되고, 몸은 다치고, 병원비도 들어갈 텐데 기간제 계약은 끝나가고, 재계약은 안 된다고 하고, 임용 고사는 떨어지고……. 이 판국에 되는 건 뭔데요?"

붉은 기가 가신 얼굴로 술주정을 다시 한다.

"애들도 도망갔어요. 내가 쟤들 담임이고 1년이나 가르친 선생인데 내 말은 죽어라 안 듣고 치고받고 싸우더니 결국은 나를 이 꼴로 버려두고 도망갔어요. 또 소개팅한 여자는 내가 기간제라고 싫대요. 내가 만만해요? 내가 만만해?"

얼뜨기가 코를 훌쩍인다.

"네."

"네?"

"솔직히 선생 안 같습니다."

"그럼요?"

"얼뜨기, 싸이코, 또라이 같습니다."

얼뜨기는 입을 벌린 채 가만히 있다.

"갑시다."

나는 검은 봉지와 가죽 가방을 챙기고 얼뜨기를 부축해서 일으킨다.

병원에서 두 가지 사실을 알았다. 남한 병원에서는 돈이 많이 든다. 팔 부상인데 혈액 검사, 흉부 엑스레이, 심전도까지 받아야 한다. 응급실이라서 그렇단다. 내 눈에는 돈 벌려는 수작으로만 보인다. 접수하면서 얼뜨기의 이름, 주민등록번호, 전화번호, 주소를 저절로 외운다. 암기는 내 습관이다. 얼뜨기는 내 이름과 연락처도 묻지만 나는 답하지 않는다.

병원을 나와 왼팔에 깁스를 한 얼뜨기에게 검은 봉지와 가죽 가방을 건넨다.

"감사합니다."

"올 사람 없습니까?"

"네…… 집까지 데려다주시면……."

"안 됩니다. 그럼."

내가 한 발짝도 내딛기 전에 얼뜨기가 내 팔을 잡는다.

"저 감사 인사를 따로 하고 싶은데 연락처 좀 주시면……."

"안 됩니다."

"그럼 감사 인사는 적립해둘게요. 우리 다음에 또 만나게 되면 인연입니다."

'인연'이라는 말에 잠시 숨을 고른다. 내겐 낯설고 어색한 단어이다.

"그럴 일 없습니다. 저한테 딴맘 먹고 수작질할 의도 없으면 다른 편의점 가십시오."

"딴맘 먹고 수작 부리고 싶으면 가도 된다는 말이군요. 그땐 연락처 주세요."

얼뜨기는 말귀도 못 알아듣고 미소를 짓는다.

얼뜨기. 싸이코. 또라이. 너는 정체가 뭐니? 정말 좆뱀이라도 되니?

귀한 분, 놀새 날라리 소녀

어렵다. 나는 눈동자를 반 바퀴 굴리고 생각을 멈춘다. 어렵고, 쉽고, 좋고, 싫고를 판단하는 일은 내 몫이 아니다. 나는 명령을 받고 임무를 완수할 뿐이다.

황 사장이 준 공민증, 주민등록증을 들여다본다. 1989년생, 임해주라는 여자의 주민등록증에 무표정한 내 얼굴이 박혀 있다. 짧고 검은 머리카락, 내 얼굴이다. 임해주의 이력서를 들여다본다. 어깨선 씨컬 단발머리에 자연 갈색 염색 머리, 은테 안경, 미소까지 자본주의 황색 바람을 맞은 얼굴이다. 임해주는 지방 사립대학교에서 영어영문학을 전공하면서 교직을 이수했고, 미국에서 테솔 TESOL 자격증을 취득했다.

"너 학교에 좀 가야겠다."

한 달 전에 황 사장이 상부의 명령을 전달했다. 너무 뜻밖이어서 잠시 대꾸하지 못했다.

"근데 만만치 않겠어. 중2야. 우리 인민군이 얘네 무서워서 못 쳐들어온다는 얘기가 있어."

"남조선 중위 따위, 하나도 겁 안 납니다."

"남조선 중위는 나도 겁 안 나지. 중위 아니고 중2, 중학교 2학년. 타게트가 올해 중2가 돼."

황 사장이 타깃의 사진을 건넸다. 여느 때와 달리 한숨이 터져 나왔다. 익숙한 얼굴이었다. 남한 놀새 날라리 소녀. 생각 없고 도덕 없고 예절 없는 아새끼. 이름은 고은지. 내가 모셔야 하는 귀한 분이 되셨다.

내 임무는 고은지를 포섭하여 우리 조선으로 안전하게 데려가는 것. 고은지는 털끝 하나라도 다쳐서는 안 되고, 한 치의 두려움도, 망설임도, 거리낌도 없이, 고은지 스스로, 적극적으로, 기쁘게 우리 조선으로 가야 한다. 얘가 도대체 뭐기에? 궁금하지만 궁금해해서는 안 된다.

나는 고은지가 다니는 보름중학교에 영어회화 전문 강사로 위장 잠입하여 고은지를 포섭해야 한다. 남한 말만큼 미국식 영어도 현지인처럼 유창하기 때문에 영어에 대한 부담감은 없다. 하지만 대학도 나오지 않은 내가 교원이 되어 학교에 잠입할 수 있을지 걱정이 된다. 걱정도 내 몫은 아니다. 안 되면 되게 하라. 나는 '항상 준비'된 자세로 임무를 완수할 뿐이다.

황 사장은 혹시 몰라 임해주를 중등학교 2급 정교사 자격증 취득자로 만들어 놓았지만 영어회화 전문 강사는 교사 자격증도 필요 없고, 담임이나 행정 업무를 맡지 않아도 되고, 영어 수업만 하면 된다고 했다. 내게 맞춤한 자리라고 했다. 다행히 이 학교 영어회화 전문 강사가 마침 육아 휴직을 해서 자리가 났다고 했다. 이 자리가 없었으면 일이 어렵게 될 뻔하였다고 했다.

"남한은 취직이 어렵다는데 자리가 있다고 제가 들어갈 수 있습니까?

"작업은 다 됐어. 형식상 면접만 보면 돼."

미국 입양아 에드워드 황을 교회에서 만난 후, 첫눈에 반해 결혼한 보험 왕 김미령 여사 덕분이었다. 김미령 여사의 고객님이 이 학교 재단 이사장이었다. 에드워드 황은 한국에서 겨우 찾은 먼 친척 동생인, 옥탑방 임해주의 취직을 걱정했고, 김미령 여사는 재단 이사장에게 임해주를 추천했다.

황 사장이 제공해주는 정보대로 나는 영어회화 전문 강사가 되는 준비를 차근차근 해나갔다. 교원 연수원 사이트에서 영어 교수법 강의도 섭렵하고, 중학교 영어 교과서, 지도서, 참고서도 모조리 외웠다. 남한 영어 교과서는 재미없지는 않지만 'Let's become true sons and daughters of the respected general Kim Jong-il. (경애하는 김정일 장군님의 참된 아들, 딸이 되자.) American people are wolves in human shape. (미국 놈은 인간의 탈을 쓴 승냥이이다.)'와 같이 평생 가슴에 품을 만한 문장은 없었다.

황 사장은 학교생활이 담긴 남한 영화와 드라마도 보여주면서 말했다.

"저렇게 하면 안 돼. 요즘 남한 학교에서는 애들한테 껌 하나라도 받으면 안 되고, 애들 털끝 하나라도 건드려서도 안 돼."

문득 얼뜨기가 떠올랐다.

"그럼 선생이 학생한테 맞으면 어떻게 합니까?"

"선생이 학생한테 왜 맞냐? 얼뜨기냐?"

나도 모르게 피식 웃었나 보다.

"별일이네. 웃을 줄도 알고."

웃음이라니? 나는 웃지도, 울지도 않는 사람이다. 바로 표정을 가다듬었다.

보름중학교 교문 앞에 서서 학교를 찬찬히 뜯어본다. 자신감이 생긴다. 이깟 학교. 10년간 받은 훈련을 생각하면 아무것도 아니다. 이번 임무는 반드시 완수해 내리라 다짐하고 다짐한다.

교무실로 들어간다. 방학 중이라 빈자리가 많다. 교감의 자리는 정중앙, 창을 등지고 있다. 나는 교무실 정중앙으로 걸음을 옮긴다. 교감의 옆에 익숙한 얼굴이 있다. 고은지의 학교이니 얼뜨기도 있으리라 짐작했다. 아직 2월이니 얼뜨기가 학교에서 잘리기 전이다. 얼뜨기가 나를 알아보기 전에 자리를 피할까 하다가 교감에게 인사를 한다. 2월 말에 얼뜨기의 계약이 만료되고 3월 초에 내 계약이 시작되니 학교에서 얼뜨기를 마주칠 일은 더 이상 없다. 교감은 자리에서 일어나 표정을 바꾸고 환하게 웃으며 맞은편에 있는 탁자를 가리킨다.

"여기 앉아서 잠시만 기다려주세요."

교감은 오십대 중반으로 보이는 여성이다. 짧은 단발머리. 부자연스럽게 굵은 쌍꺼풀, 두꺼운 피부 화장과 짙은 립스틱. 흰 저고리와 검은 치마를 자주 입는 우리 조선의 교원과는 아주 다른 모습이다. 교감은 자리에 앉아 미간에 주름을 잡고 매서운 눈초리로 얼뜨기를 올려다본다.

나는 곁눈질로 얼뜨기를 본다. 저 키와 덩치에 중학생에게 당하다니 이해할 수 없다.

"강석주 선생님!"

교감이 신경질적으로 얼뜨기의 이름을 부른다. 내게 건넨 목소리가 다시 반 바퀴 돌아서 제자리를 찾은 모양이다.

"술 안 마셨냐고요?"

얼뜨기는 대답하지 않는다.

"학부모고 학생이고 다들 선생님이 술에 취해서 혼자 넘어졌다고 주장하는데 어떻게 학생을 징계하고 배상을 받습니까?"

얼뜨기가 자본주의 미소를 짓는다.

"치료비 필요 없습니다. 문제도 제기하지 않겠습니다."

교감이 고개를 끄덕인다.

"다만."

얼뜨기가 교감의 손을 잡는다. 입매를 더 올린다. 사회적 미소이다.

"교감 선생님 요즈음 업무 분장 때문에 고생이 많으시죠? 담임 제가 하겠습니다. 물론 2학년이요. 작년처럼 나이스NEIS와 학적도 제가 하겠습니다."

얼뜨기가 교감의 눈치를 살핀다.

"수업계도 할까요?"

"학교 사정상 재계약은 어렵다고 말씀드렸는데……."

"생기부도 할 수 있습니다."

얼뜨기가 비굴한 미소를 짓는다. 한 달 전, 놀이터에서 내게 부탁할 때 짓던 미소이다.

"교장 선생님과 상의해볼게요."

"감사합니다. 교감 선생님. 충성!"

얼뜨기가 머리부터 발끝까지 온몸으로 알랑거린다. 나는 비위가 상한다.

얼뜨기가 자리를 뜬다. 나를 보면서 아는 척해보려 하지만 나는 눈길 한번 주지 않고 교감에게 간다. 다시 한번 정중히 고개를 숙이며 인사를 한다.

"임해주입니다."

남한 두음법칙에 익숙하지 않아서 림해주라고 발음한 적이 있지만 이제는 남한식 '임' 발음이 자연스럽게 흘러나온다. 나는 남한 나이로 이제 스물아홉 살. 대한민국 여성이자 서울 시민인 임해주이다. 교감이 이력서를 보면서 몇 가지 질문을 한다. 예상한 질문이다. 나는 정답을 말하고 교감은 만족한다.

"단, 경력이 없어서 좀 염려스러운데……."

그럼에도 너를 뽑겠으니 고맙게 생각하라는 뜻이다. 나는 한술 더 뜬다. 외모에 관심이 많은 교감이 가장 듣고 싶어 하는 말을 해준다. 머리부터 발끝까지 온몸으로 전한다.

"누구에게나 처음이 있지 않겠습니까? 그 처음을 아름답고, 현명하고, 훌륭하신 장덕자 교감 선생님과 함께한다면 교사로서 이보다 멋진 출발은 없을 겁니다."

교감이 이를 드러내고 환하게 웃는다. 일차 성공이다.

교무실을 나와서 복도를 걷는다. 복도에는 난방이 안 된다. 그렇게 돈 자랑을 하는 남한도 학교 복도에 넣을 연료는 충분하지 않은 모양이다. 나와 부딪치기로 작정한 듯, 아니 작정하고 얼뜨기가 앞 측 문으로 나온다.

"혹시나 했는데 맞으시죠?"

"네."

얼뜨기가 왼팔을 내밀고 보여준다.

"……."

"깁스 풀었어요."

"……."

"덕분이에요."

"덕분에 학교에는 붙어 있으시겠습니다."

얼뜨기와 함께 근무하게 될 듯하다. 얽히고 싶지 않은 인물이다. 남한에 와서 처음 인절미를 맛보고 체했을 때처럼 가슴이 답답해진다.

얼뜨기가 주위를 살피고 한 걸음 가까이 온다.

"그날 일은 비밀로 해주십시오. 특히 음주는……."

"관심 없습니다."

나는 고개를 잠깐 숙이고 자리를 뜬다.

"오늘은 연락처 주세요."

얼뜨기가 핸드폰을 내밀며 웃는다. 눈가에 주름이 진다. 진짜 미소이다.

"또 만났잖아요. 우리 인연이에요."

내 인연은 고은지이지 얼뜨기가 아니다. 남한 사내들은 말랑하고 간지러운 말투로 여성을 쉽게 홀리고, 전화나 문자로 가벼이 버린다고 들었다. 얼뜨기 아둔한 줄만 알았더니 오늘 보니 재주는 있다. 하지만 내게는 통하지 않는다.

"인연은 끊으면 그만입니다."

나는 얼뜨기가 내민 핸드폰을 밀어낸다.

"꼭 임 선생님이랑 같이 근무했으면 좋겠어요."

"저도 꼭 이 학교에서 근무했으면 좋겠습니다."

"그러면 끊어낸 인연이 다시 만났으니 운명입니다. 그땐 연락처도 주시고, 저랑 식사도 함께하셔야 돼요."

피곤하다. 나는 더 이상 말을 섞지 않고 중앙 현관으로 나간다.

교사 우측 건물이 소란스럽다. 건물 앞에 학생들이 모여서 위를 쳐다보며 웅성댄다. 학생들 옆에서 체육복을 입은 남자 선생 둘이 소리친다. 선생의 시선 끝, 건물 3층 지붕 위에 학생들이 있다. 남학생 세 명. 우리 조선 아이들은 지붕을 수리하기 위해 종종 지붕에 올라간다. 이 학생들은 지붕 위로 날아간 축구공을 찾기 위해 올라갔단다. 움직이지 마, 조심해, 매트 가져와, 쌤이 올라갈게, 119 불러, 고성이 오고간다. 이딴 일로 119를 부른단 말인가. 내 알 바 아니다. 나는 이 소란을 지나쳐 간다.

얼뜨기와 작전 대상 고은지가 달려온다. 얼뜨기와 고은지가 지붕을 향해 소리친다. 나는 걸음을 멈추고, 고개를 돌려 지붕을 자세히 본다. 벽면에 달린, 양철 우수관을 잡고 있는 남학생 1. 남학생 1의 손을 잡고 있는 남학생 2. 축구공을 안은 채 남학생 2의 손을 잡고 있는 남학생 3, 차세웅이 있다.

나는 고은지 쪽으로 걸음을 옮겨 무리 뒤에 선다. 우수관이 흔들린다. 체육복 선생이 3층 창가에서 손을 내밀며 남학생 1에게 손을 잡으라고 한다. 남학생 1은 못하겠다고 한다. 남학생 2와 차세웅은 씨발씨발거리며 서로의 탓만 하고 있다.

"쌤, 오줌 쌀 것 같아요."

"그냥 싸!"

고은지가 차세웅에게 소리친다.

"움직이지 말고. 참아봐. 쌤이 올라갈 테니까."

얼뜨기가 말한다.

얼뜨기가 올라가도 해결이 안 날 텐데…….

순간, 학생들의 비명이 들린다. 차세웅의 팔에서 축구공이 떨어져 지붕을 구르다가 바닥으로 떨어진다. 구경하는 학생 대열이 흔들리고, 우수관은 더 흔들린다. 선생은 남학생 1에게 우수관에서 손을 떼서 자기 손을 잡으라 하고, 학생은 못하겠다고 소리친다.

나는 아무도 모르게 3층으로 올라간다. 3층에 있는 다른 창을 통해 지붕 위로 넘어간다. 학생 1이 우수관에서 손을 떼고 체육복 선생의 손을 잡으려는 찰나 학생 1의 발바닥이 미끄러진다. 학생들이 또 비명을 지른다. 나는 학생 1과 2를 동시에 잡아서 한 손씩 체육복 선생과 창틀에 붙여놓고, 미끄러지는 차세웅을 안고 바닥 매트 위로 가볍게 낙하한다. 구경꾼 학생들이 소리를 지르며 핸드폰으로 사진을 찍어댄다. 나는 앵글에서 재바르게 빠져나와 고개를 숙이고 자리를 뜬다.

정보원

이상하다. 분명 연락을 주겠다고 했는데 연락이 오지 않는다. 나는 피시방 카운터에 앉아서 핸드폰을 주시한다.

면접 직후에 보름중학교 행정실장에게 연락이 왔다. 만나자고 했다. 학교로 가겠다고 했지만 행정실장은 우리 동네 카페에서 만나자고 했다. 우리 동네에서 제일 큰 카페를 고르고, 나가기 전에 카페 홈페이지를 찾아서 메뉴를 다 외웠다.

행정실장은 학교에 대한 마음을 보여달라고 했다. 예상하지 못한 상황이었다. 뜻도 가늠할 수 없지만 나는 대답했다.

"원하시는 만큼, 원하시는 방식대로 보여드리겠습니다."

"우리 학교가 워낙 청렴해서 말이죠."

"알고 있습니다."

"선생님은 영어회화 강사이시고, 1년이지만 육아 휴직 자리라 3년도 될 수 있으니……"

"편하게 말씀하십시오."

행정실장은 검지와 중지를 들었다.

"두 장, 현찰로."

내일 학교에 계약서를 쓸 때 준비해 오라고 했다. 청렴은 개뿔. 우리 조선이나 너희 남한이나 간부들 뇌물 밝히는 건 똑같구나. 나는 자본주의 미소로 화답했다.

다음 날, 황 사장이 준비해준, 두툼한 봉투를 들고 학교 행정실로 갔다. 나는 봉투부터 꺼냈다.

"수표는 안 되는데……"

행정실장이 봉투를 보고 말했다.

"현금입니다."

행정실장에게 봉투를 건넸다. 행정실장은 봉투를 열어보고 내게 다시 돌려주었다.

"선생님 마음은 잘 알겠습니다."

"드리려고 준비해 왔습니다."

"아닙니다. 우리 그런 학교 아닙니다."

행정실장이 자리에서 일어났다.

"계약서는 어디에서 씁니까?"

"연락드리겠습니다."

연락이 없다. 일주일이 지났다. 탈락했나. 황 사장이 계산을 끝내고 묻는다.

"연락드리겠습니다, 라고 했는데요?"

"연락이 안 오잖아. 빈말이야. 예의는 차려야겠고, 마음은 없을 때 하는 말이지."

"멀쩡한 입으로 빈말을 왜 합니까?"

"이쪽에서는 인사일 수도 있고, 예의나 배려일 수도 있어. 나도 처음에는 곧이곧대로 믿었지. 밥 한번 먹자고 해서 뭘 먹을지 생각하면서 한 달을 기다리다가 결국 찾아가서 밥 한번 언제 먹습니까, 하고 물어봤다니까."

"밥 먹는 일이 얼마나 중요한 일인데 밥으로 빈말을 합니까?"

순간, 저랑 식사도 함께하셔야 돼요, 라고 말하던 얼뜨기가 떠오른다. 빈말도 할 수 있겠다 싶다. 얼뜨기의 말은 빈말이었으면 좋겠다.

"액수가 적어서 그런가?"

황 사장이 중얼거린다.

"준비하란 대로 준비했잖아요."

"마음을 보여주는 데 다다익선 아닐까? 석 장은 넣었어야 했다."

"민주주의도 별거 아닙니다. 뇌물이면 다 됩니다."

"우리 조선도 그렇잖아. 한민족이야."

황 사장이 껄껄 웃는다. 맞는 말이지만 황 사장의 입에서 우리 조선을 모욕하는 말이 나오니 불편하다.

"우리 조선 사람들은 정이 많아서 그렇습니다. 다 먹고살기 힘드니 서로 나눠 먹자는 거 아닙니까?"

나는 황 사장의 대답을 듣지 않고 자리에서 일어난다.

개학 일주일 전. 아직도 연락이 없다. 황 사장은 이제 학교 잠입은 물 건너갔다고 한다.

"방법을 찾겠습니다."

"어떻게?"

"안 되는 것을 되게 하라. 모르십니까?"

나는 보름중학교로 간다. 학교 안에서 안 되면 학교 밖에서 고은지에게 접근할 수밖에.

교문 앞이다. 전화를 걸까 하다가 남한 사람처럼 서프라이즈를 하기로 한다. 교문 앞에서 기다린다. 내 정보원이 돼줄 얼뜨기를. 16시가 넘어서야 얼뜨기의 모습이 보인다.

"강석주 선생님."

나를 보고 얼뜨기가 놀란다. 나는 사회적 미소를 짓는다.

"감사 인사 적립. 오늘 저녁에 쓰고 싶습니다."

얼뜨기가 더 놀란다.

"지난번에는 제가 선생님을 좀 오해했습니다. 사과드립니다."

나는 얼뜨기와 눈을 맞추고 살짝 고개를 숙인다. 다시 고개를 들고 얼뜨기와 눈을 맞춘다. 얼뜨기가 침을 삼킨다.

"저…… 언제, 어디서?"

"제가 정할까요?"

"네, 네. 그러시죠."

"문자 남기겠습니다."

"번호는……."

"제가 압니다."

얼뜨기가 더더 놀라서 아무 말도 하지 않는다.

"지난번 병원에서 서류 작성할 때 봤습니다. 관심 있는 건 금방 외우는 편이라서요."

나는 최선을 다해 미소를 짓는다.

거리에서 얼뜨기를 기다린다. 핸드폰 진동음이 울린다. 얼뜨기이다. 일이 많아서 좀 늦을 것 같으니 카페에 들어가서 기다리라고 한다. 역시 얼뜨기이다. 방학인데 혼자 나와서 일을 한다. 퇴근시간도 없이.

주위를 둘러본다. 프랜차이즈 카페, 그냥 카페, 커피, 차, 주스, 요거트까지 온갖 음료점이 다 있다. 나는 모 카페에서 만나자고 하고, 얼뜨기에게 출발할 때 문자를 달라고 문자를 보낸다. '^^'를 입력했다가 지우고 ':)'를 입력한다. 요즘 젊은이들이 쓰는 미제 스타일이다.

나는 아무 데도 들어가지 않는다. 카페에서 시선을 떼고 정면 차도만 바라본다. 얼뜨기에게 출발했다는 문자를 받는다. 나는 약속한 카페 앞에 가서 기다렸다가 얼뜨기를 만난다.

부담스럽다. 얼뜨기가 내 옆에 나란히 서서 걸으며 나를 힐긋거린다. 나는 정면만 본다. 얼뜨기가 양식당 입간판을 가리키며 파스타를 좋아하는지 묻는다.

"양음식은 안 먹습니다."

"좀더 걸으시겠어요?"

얼뜨기와 나란히 걷기 싫지만 네, 한다. 얼뜨기는 어느 골목 안에 있는 순댓국집으로 나를 데려간다.

"순댓국 괜찮으세요?"

"좋아합니다."

나는 맑은 순댓국을 주문한다. 얼뜨기는 매운 순댓국과 순대 한
쟁반을 시킨다. 주문한 음식이 나온다. 나는 순댓국을 한술 뜬다.
달지도 짜지도 않다. 순대를 집어 먹는다. 맛있다. 우리 조선에서 먹
던 맛이다.

"우리나라 순댓국이랑은 맛이 좀 다르죠? 여기 사장님이 탈북민
이세요."

탈북민. 곧 우리 조국이 잘 살게 되면 우리 원수님과 당의 품으
로 돌아가 함께 살아갈 우리 조선 인민이다. 나는 우리 조선 맛과
우리 조선 사람이 반가워 사장님을 쳐다본다.

"북한 순대도 맛있습니다."

나는 북한 순대를 처음 맛본, 남한 사람처럼 말한다.

"순댓국도 집에서 먹던 것보다 더 맛있습니다."

"순댓국을 직접 끓여 드세요?"

"아니요. 끓여 주면 먹습니다."

주객이 전도된다. 얼뜨기가 질문을 하고 내가 대답을 한다. 작전
상 일보 후퇴한다.

"누가 끓여 주세요?"

"사장님 같은 친척 오빠가 가끔 끓여 줍니다."

"아, 좀 늙으신 친척 오빠랑 같이 사세요?"

"아니오. 저는 세입자입니다."

"그럼 누구랑 사세요? 어머니? 여동생?"

"혼자 삽니다."

나는 하나하나 대답해준다.

"대답만 잘하시네요. 저한텐 궁금한 점 없으세요?"

기회이다.

"지난번에 만난 아이들 말입니다. 놀이터에서 선생님과 싸우던……."

"싸운 게 아니라 지도한 건데……."

"네. 지도한 아이들. 어떤 아이들입니까? 여학생도 있던데……."

"보셨다시피 얌전한 아이들은 아니에요. 아이들한테 관심이 많으시군요."

"교직을 희망하는 입장이니 당연히 아이들에게 관심이 많지요. 학생들이 선생님께 너무 무례하던데요?"

"요즘 애들 다 그렇죠."

얼뜨기가 민망한지 말을 얼버무리며 밥술을 뜬다.

"여학생이 스쿠터도 훔치고 담배를 피울 때도 많습니까?"

"은지는 좀…… 외로워서 그래요."

"은지가 외로운 아이입니까?"

"뭐…… 그 나이 때는 다 그렇죠."

얼뜨기는 더 이상 정보를 제공하지 않고 식사만 한다. 다른 처방이 필요하다.

"그 나이 때 아이들 가르치시느라 고생이 많으십니다."

얼뜨기가 고개를 들고 나를 본다. 소주를 한 병 시킨다. 내게 한 잔 따라 주고, 자기도 한 잔 따라 마신다.

"현준이가 제가 만만하대요. 근데 그 자식이 이번에 우리 반이 됐어요. 올해도 힘들겠어요."

처방이 너무 지나쳤다. 얼뜨기는 불필요한 속내까지 털어놓는다.

"은지라는 아이는요?"

"은지는 옆 반으로 갔어요. 제가 기간제이거든요. 제가 어릴 땐 선생님들이 기간제인지 정교사인지 전혀 모르고. 다 같은 선생님인 줄 알았는데 요새 애들은 다 알아요. 기간제인 거 알고 얕잡아봐요. 제가 봄방학 때도 왜 출근하는지 아세요?"

모르고 싶다.

"그럼 은지라는 아이와 엮일 일은 더 이상 없으시겠군요."

얼뜨기가 또 한 잔을 비우고 입을 연다.

"은지 반 국어는 제가 가르쳐요. 봄방학 때 나가서 학교 사정을 파악해야 하거든요. 내 자리에 누가 오는지. 내 자리가 보전되는지……. 웃는 얼굴에 침 못 뱉는다고. 교장 선생님 교감 선생님 눈도장도 찍고 웃어야 되거든요. 그렇게 해서 내가 보전한 자리예요, 이거."

얼뜨기는 감질나게 한마디씩 던져 놓고 쓸데없는 말만 주구장창 늘어놓는다.

"그럼, 그만두십시오. 학교에서도 토사구팽당할지 모르고, 아이들한테도 무시당하는데 선생을 왜 합니까?"

나도 모르게 음성이 높아진다. 효과는 있다. 얼뜨기가 드디어 입을 닫는다. 아주 잠시만.

"그래도 아이들이 예뻐요."

얼뜨기가 웃는다. 입을 벌리고 눈가에 주름을 잔뜩 잡으며 진짜 미소를 짓는다. 도덕 없고 예절 없는 아새끼들이 예쁘다니. 얼뜨기

너는 역시 또라이구나. 나는 또라이를 내버려두고 자리에서 일어
난다.

알 수 없는 표정과 위통

얼뜨기는 정보원으로서 이용 가치가 없다. 나는 얼뜨기를 토사구팽한다. 전화가 여러 번 온다. 얼뜨기를 떼기 위해 문자를 한 통 보낸다.

우리 이제 다시는 만나지 맙시다.

이제 얼뜨기 전화는 받지도 않고, 문자는 답하지도 않는다. 나 혼자 고은지를 조사한다. 피시방, 편의점, 골목, 학교 앞, 마음만 먹으면 어디서나 고은지를 만날 수 있다. 고은지를 만나면 상냥한 언니로 변신하면 된다.

"우리 인연인가 봐. 만나고, 또 만나고, 자꾸 만나네."

"아줌마, 뭐래?"

나는 웃는다. 웃는 얼굴에 침이야 뱉겠어? 자꾸 얼굴 도장을 찍고 웃는다.

고은지에 관련한 정보는 SNS에 다 있다. 고은지가 사는 곳, 좋아하는 것, 싫어하는 것, 좋아하는 사람, 싫어하는 사람, 하루 종일 무엇을 하는지, 무슨 게임을 하는지, 무슨 노래를 하는지, 무슨 화장품을 쓰는지 다 알 수 있다.

SNS에서 고은지는 행복하다. 중국에서 큰 사업체를 운영한다는 부모님은 때마다 선물을 보내준다. 모두 값비싼 명품이다. 고은지는 방학 때마다 중국에 가서 즐거운 시간을 보낸다. 한국에는 인자하고 부유한 할아버지가 계신다. 고급 아파트에서 할아버지와 함께 모자라는 것 없이 산다. 고은지를 따르는 친구들도 많다. 고은지는 명품 옷을 걸치고, 명품 화장품으로 변장하고, 명품 백을 들고 친구들과 행복한 나날을 보낸다. 부모님은 성적에 쿨한 분들이다. 세상에서 가장 소중한 외동딸 은지가 그저 건강하고 행복하게 자라기만 하면 된다는 분들이다. 엄마와 단둘이 찍은 사진과 '엄마 있는 아이는 보물이에요'라는 중국 노래 가사를 올려놓는다.

고은지, 너 정말 행복하니?

고은지의 행복은 포장이고 거짓이다. 고은지의 SNS에는 진짜 고은지를 알려주는 정보는 없다. 진짜 고은지의 어머니는 돌아가셨다. 할아버지는 사실 아버지이다. 동사무소에서 배급을 받으면서 육십대 중반의 아버지와 열네 평짜리 임대 아파트에 살고 있다. 어머니와 아버지의 나이가 너무 많다. 나이 많은 친엄마가 있는 사실로 유추해보건대 남한에서 한때 유행한 늦둥이거나 입양아일 가능성이 있다. 고은지의 아파트도 부유한 가족도 명품도 사진도 행복도 가짜이다.

공작원은 상부에서 알려주지 않는 내용에 의문을 품어서는 안 된다. 그저 명령을 따르고 임무를 완수할 뿐이다. 하지만 고은지에 대해 궁금해진다. 퇴폐 자본주의에 찌들어 거짓 인생을 살고 있는, 남한 날라리 계집애를 포섭하여 데려오라는 이유가 무엇일까?

고은지의 친부모에 대해 조사해본다. 두 사람 다 충청도 출신이다. 해방 전쟁에도 참여하지 않았다. 우리 조선과 아무런 연고가 없다. 이 날라리한테 특별한 점이 있는가. 나는 핸드폰을 연다. 부재중 통화 목록에 얼뜨기가 있다.

전화기가 울린다. 얼뜨기는 아니다. 전화를 받는다. 뜻밖의 제안을 받는다. 선택의 여지가 없다. 더 좋은 기회이다. 무조건 네, 하고 대답한다.

전화를 끊고 통화 목록을 살펴본다. 얼뜨기뿐이다. 이제 얼뜨기는 정말 필요 없다. 통화 목록은 물론 전화번호까지 지운다.

보름중학교 앞이다. 30분이나 일찍 도착했다. 학교가 조용하다. 아이들도 등교 전인 모양이다.

"임해주 선생님."

얼뜨기이다. 뿔테 안경과 무릎 나온 트레이닝 바지를 벗고 수트를 차려입었다. 앞머리에 힘도 주었다. 궁기를 벗고 보니 남한 드라마에 나오는 쥐샐래비* 같다. 변신의 폭이 너무 넓다. 내가 아니라 얼뜨기가 공작원 같다.

"저 만나러 오신 건 아닐 테고……."

---

* 얼굴이 반반한 남자.

"네."

"혹시 지난번에 제가 실수했나요?"

"아니요."

"그럼 전화를 왜 안 받으셨는지……. 좋은 소식을 제가 제일 먼저 알려드리고 싶었는데요."

얼뜨기가 시무룩해한다. 기가 많이 죽었다. 오랜만에 아침식사를 걸러서인지 속이 좀 불편해진다.

"그 표정은 뭐예요?"

얼뜨기가 묻는다. 위장이 불편한 표정이겠지, 대답하지 않는다.

"늘 무표정하시더니 오늘은 표정이 있어요. 정확히 무슨 표정인지 알 수는 없지만……."

공화국 혁명 전사가 이깟 위통을 얼굴에 드러낼 수는 없다. 항상 준비! 나는 마음으로 소년단 구호를 외치고 표정을 가다듬는다.

"그러나 알 수 없는 표정은 인연의 시작입니다. 그런 건가요?"

얼뜨기가 웃는다.

"'그러나 알 수 없는 표정은 이별의 시작입니다'가 맞습니다."

"우와, 학교 다닐 때 공부 되게 잘하셨나 보다. 전공자도 아닌데 그걸 다 외우고 계시네요."

한용운의 「인연설」에 나오는 문장이다. 남한 교육 내용을 학습할 때 읽은 글인데 외우고 있는 줄은 나도 몰랐다.

"그런데 어쩌죠? 이제 우리 인연을 넘어 운명인데요?"

얼뜨기, 아침부터 개수작질이다.

"임해주 선생님께서 끊은 인연을 다시 이으셨고 다시는 만나지 말자고 하셨는데 만나버렸잖아요, 우리. 임해주 선생님은 이제 제 운명이십니다."

얼뜨기가 '알 수 없는 표정'을 짓는다. '그러나 알 수 없는 표정은 이별의 시작입니다.' 나는 순간 보편적인 진리 하나를 깨닫는다. 시작이 있어야 끝이 있는 법. 만남이 있어야 이별이 있는 법. 얼뜨기와 끝을 내고 이별하기 위해서는 시작과 만남이 있어야 한다. 나는 또 속이 불편해진다. 위장이 둥둥 파도에 떠밀려 간다.

2

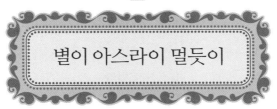

별이 아스라이 멀듯이

이상한 학교의 선생 노릇

보름중학교 교무실로 들어간다. 교감이 나를 맞고, 교무부장이 내 자리를 안내해준다. 위치가 좋지 않다. 교무실 중앙이다. 뒤쪽이 노출되어 있어서 보안을 유지하기 어려운 자리이다. 내 앞에는 책상이 몇 줄 있지만 내 뒤에는 낮은 탁자가 있다. 탁자 옆에 교감이 있다. 교감이 두 눈을 부릅뜨고 항상 지켜볼 것만 같다.

얼뜨기가 내 옆자리에 앉는다. 내 자리보다 위치가 더 좋지 않다. 교감, 교무부장과 가장 가까운 자리이다. 얼뜨기의 책상에는 '기획·나이스, 2-8 강석주', 내 자리에는 '고사, 2-7 임해주'라고 쓴 플라스틱 표가 붙어 있다.

개학한 지 삼 주가 지났다. 나는 2학년 7반 담임이자 2학년 영어 교과 교사로 보름중학교에 출근했다. 며칠 전 교감에게 전화를 받았다. 영어회화 전문 강사가 아니라 영어 기간제 교사로 근무할 수 있냐고, 담임도 가능하냐고 물었다. 나는 무조건 네, 했다. 그저 아는 언니 또는 아줌마로서는 고은지를 포섭하는 데 한계를 느끼고 있었다. 이번에는 석 장 준비하겠다고 했다. 교감은 우리 학교는 절대 그런 학교가 아니라면서 계약 기간만 잘 이행해달라고 했다.

교사 임해주의 자리에 앉는다. 무엇부터 해야 할지 모르겠다. 수업 준비는 이미 다 해왔지만 잠자코 있기가 불편해서 교과서를 편다. 얼뜨기가 컴퓨터를 켜고 메신저를 확인해보라고 한다. 내용을 메모해서 아침 조회 시간에 학생들에게 알려주라고 한다. 메시지가 열댓 개 와 있다. 하나를 열어본다. 무슨 소리인지 모르겠다. 얼뜨기가 프린터에서 막 꺼낸 종이 한 장을 내민다.

"제가 정리한 공지사항인데 쓰시겠어요?"

"네, 감사합니다."

"공지사항은 제가 매일 정리해서 드릴게요."

이런 개수작질은 작전상 받아들인다.

"네, 감사합니다."

등교 시간 10분 전이 되자 학교가 시끄럽고, 선생도 하나둘씩 출근한다. 오십대 초반으로 보이는 여선생 둘이 내 앞쪽에 앉는다. 얼뜨기가 나를 임해주 선생님이라고 소개한다.

"그 선생님?"

강석주 앞, 수업계 선생이 웃으며 내게 인사를 건넨다.

"앳된 선생님이신데 강석주보다 훨씬 쓸 만하잖아."

내 바로 앞, 성적처리계 선생이 내게 인사를 한다. 나이가 많은 선생은 나이가 어린 선생에게 이름만 불러도 되는 모양이다. 우리 조선에서는 나이가 많은 사람에게는 '동지', 나이가 같거나 어린 사람에게는 '동무'라고 부른다.

내가 얼뜨기 강석주보다 훨씬 더 쓸 만한 건 사실이다. 나는 '그'

에 주목한다. '그 선생님'은 뭘까? 얼뜨기가 핸드폰을 꺼내 동영상을 보여준다. 축구공을 찾으러 지붕에 올라간 학생들과 그 학생들을 돕는 내 모습이 담겨 있다. 묻지도 않았는데 강석주가 그간의 사정을 이야기해준다.

2학년 7반 담임이 갑자기 질병 휴직을 하자 급히 영어과에 공석이 생겼다. 담임도 원하는 사람이 없었다. 삼 주 동안, 2학년 7반에서는 폭행 도난 흡연 외 자잘한 생활 지도 사안이 많이 발생하였다. 담임은 곧 죽을 지경이었는데 남학생에게 쌍욕마저 듣고 우울증 진단을 받았다. 영어와 담임을 맡아줄 교사가 필요해지자 얼뜨기가 교감에게 동영상을 보여주며 나를 추천했다.

얼뜨기가 나를 쳐다보며 웃는다. 나는 얼뜨기가 원하는 언행에서 칠십 퍼센트를 빼고 말한다. 무표정하게, 고개 한번 끄덕이지 않고.

"네, 감사합니다."

"저도 감사 인사는 적립해 놓을게요."

그러든지 말든지. 고맙기는 하지만 얼뜨기의 개수작질에 일일이 대응할 여유가 없다.

종이 친다. 아니 들린다가 맞다. 스피커에서 음악이 나온다. 선생들이 우르르 일어나 움직인다. 3초간 선생들을 관찰한다. 수첩이나 태블릿, 종이 한 장을 들고 일어선다. 그리고 교무실 중앙, 복도 쪽 벽면에 붙은 책꽂이로 가서 종이 뭉치를 꺼내 들고 교무실을 나간다. 이상하다. 드라마에서 선생들은 긴 출석부를 들고 다니던데 출석부처럼 생긴 건 아무도 들고 가지 않는다.

"프린트 챙기셨죠? 저기가 학급함이에요. 2층 좁고 긴 칸에는 출석부와 교실 열쇠가 있는데 아침에 학생이 가져가요. 1층 넓고 짧은 칸에는 매일 나가는 가정통신문, 게시문 등이 있어요."

얼뜨기 제법 눈치가 있다. 말하기도 전에 내가 궁금한 점을 알아차리고 안내해준다. 나는 프린트와 가정통신문 뭉치를 들고 교무실을 나간다. 걸음을 서두른다. 학교 구조는 홈페이지에서 보고 다 외웠다. 교실은 얼뜨기의 도움 없이 찾을 수 있다. 얼뜨기가 긴 다리로 성큼성큼 따라와 기어이 내 옆에 나란히 선다.

"지금 설레시죠?"

나는 무시하려다가 잠시 얼뜨기에게 시선을 준다. 어쨌든 이 학교에서 나를 가장 많이 도와줄 수 있는 사람이다. 학교에 있는 동안은 잘 지내보리라 생각한다. 그런데 얼뜨기의 질문에 대답하기가 난감하다. 얼뜨기는 분명 나를 좋아한다. 나는 아니다. 얼뜨기는 내 조력자일 뿐이다. 설레지 않는다고 정직하게 말하자니 조력자를 서운하게 하는 것 같고, 설렌다고 거짓을 말하자니 얼뜨기에게 희망을 주는 것 같다. 그냥 애매한 미소로 답을 대신한다.

"마음이 들떠서 심장이 두근두근하지 않으세요?"

얼뜨기가 나와 시선을 맞추며 간지러운 미소를 짓는다. 나는 정색하고 대답한다.

"아니요."

"전 설렜는데, 가슴도 뛰었는데요."

또라이가 대놓고 개수작을 건다. 공사 구분도 못하는 새끼. 낮간지러운 말을 하려면 퇴근하고 학교 밖에서나 하든가. 자유민주주의자는 직장에서도 물색없이 연애를 하는 모양이다. 하긴 학생이 선생에게 고백하는 드라마도 있으니……. 개수작질 또라이가 학생이 아니라서 다행이다. 나는 주변을 살핀다. 우리 앞에는 계단을 올라가는 선생이 둘 있다. 나는 고개를 돌려 얼뜨기의 말을 못 들은 척한다.

"우리 반 아이들 처음 만날 때요, 며칠 전부터 설레서 잠도 못 잤어요."

나 때문이 아니다. 마음을 놓는다.

설렘에 대해 생각해본다. 남한 로맨스 드라마를 떠올린다. 어떤 감정인지 대충 짐작은 가지만 정확히 와닿지는 않는다. 어린 시절 내가 나였고 감정이 살아 있었을 때를 생각한다. 기억을 더듬어본다. 어머니가 시루에 노란 옥수수빵을 쪘을 때 빵이 익어가면서 퍼지는 냄새에 마음이 들썽대고 가슴이 콩닥댔다. 침이 꼴깍 넘어가고 내장이 요동쳤다. 내가 좋아하는 걸 기다릴 때의 마음이 설렘이다. 내가 좋아하는 사람을 만나기 전 들뜨고 두근거리는 마음이 설렘이다.

또라이, 아새끼들이 뭐가 좋니? 교실에 일하러 가는데 뭐가 설레니? 이 싸이코 또라이는 아무 때나 설렘 바가지를 떤다.

2학년 교실이 있는 3층 복도에 다다르는 순간, 동공이 넓어진다. 남한의 어떤 상황에도 놀라지 않을 만큼 충분히 훈련받고 학습했다. 스물네 시간 꺼지지 않는 불빛, 도로를 메운 자동차, 끝이 보이지 않는 고층 빌딩, 건물마다 촘촘히 붙어 있는 각양각색의 간판, 풍부한 식료품, 불편함이 없는 문화 주택, 5층짜리 대형 마트, 골목을 지키는 편의점, 돈밖에 모르는 자본주의자, 도덕 없는 이기적 개인주의자는 내가 익히 아는 남한의 얼굴이다.

하지만 지금 내 눈앞에 펼쳐진 광경은 상상하지 못했다. 남한 학교의 현실이 날것으로 살아 내 눈앞에서 파딱거린다. 자본주의 황색 바람의 실체이다. 무질서, 무례, 무법, 방종, 야단, 요란, 법석, 난동, 난리. 복도는 전쟁터이다. 아새끼들이 교실이 아니라 복도에 나와 욱닥거린다. 레슬링도 하고, 축구도, 농구도, 야구도 한다. 달리기도, 치고받기도 한다. 모여서 수다를 떤다. 창가에 기대서 핸드폰을 본다. 음료를 마시고 과자를 먹는다. 소리를 지른다. 악을 쓴다. 춤을 춘다. 노래를 한다.

창 너머로 10반 교실 안을 바라본다. 9반, 8반도 마찬가지이다. 네다섯 명이 교실 제자리에 앉아 책을 볼 뿐이다. 각 반 담임선생이 아새끼에게 들어가자고 소리친다. 아새끼는 선생에게 인사도 하지 않는다. 몇몇 남학생은 선생의 말을 들은 척도 하지 않는다. 또라이는 선생의 권위를 망각하고 자기가 먼저 인사를 건넨다. 몇몇 아새끼가 얼뜨기에게 아는 척을 한다. 몇몇 아새끼는 나를 본다. 7반 담임 왔나 봐, 나를 힐끔대며 얘기한다. 남한 아새끼에게는 정녕 예의범절을 기대할 수 없단 말인가.

호루라기 소리가 복도에 울린다. 복도 맞은편 끝에 오십대 초반, 몸집이 큰 남자 선생이 등장한다. 얼뜨기가 학년부장이라고, 아이들이 그나마 말을 듣는 선생이라고 귀띔한다.

"종 쳤어!!! 들어가!!!"

학년부장의 고함에 아새끼들이 꼬리에 불붙은 꿩마냥 교실로 뺑소니친다. 몇몇 남아새끼는 학년부장의 지적에도 할 말 다 하고, 할 일 다 하고, 교실로 기어들어간다. 황색 바람이 지나간 자리, 부연 먼지만 자욱하다.

"학생들이 학교에서도 선생님 말씀을 잘 안 듣습니까?"

남한 학교에는 체벌이 없다기에 아새끼가 체벌 없이도 선생의 지도를 잘 따르는 줄 알았다. 말을 잘 듣고도 체벌이 일상인 우리 조선 아이들이 이 사실을 알면 얼마나 억울해할까.

"요즈음 애들이 다 그렇죠. 우리 학교 애들이 좀더 자유롭지만요."

남한 선생들은 학년부장을 제외하고 다 얼뜨기이다.

내 전쟁터, 7반 교실 앞에 선다. 교실 안은 역시 난장판이다. 교실을 재빨리 훑어서 고은지를 찾는다. 교실 앞쪽 거울 앞에 붙어서 화장을 한다. 옆에는 차세웅이 화장품을 들고 있다. 이 또한 낯선 모습이다.

얼뜨기가 뒷문으로 7반 교실에 들어간다. 사물함에 등을 기대고 서서 핸드폰 삼매경인 무리 중 한 명에게 어깨동무를 하고 교실로 가자고 한다. 놀이터에서 고은지와 싸우던 남아새끼이다.

"종 쳤어. 빨리 가자."

"좀만 하구요."

남아새끼는 핸드폰만 들여다본다.

"쌤보다 늦게 들어오면 오늘 청소 당번이야."

남아새끼는 대답도 하지 않는다.

"이현준."

얼뜨기가 목소리에 무게를 잡는다.

"가요."

이현준 쌍간나새끼의 목소리에 짜증이 묻어난다. 선생에게 불손, 무례라니 용납할 수 없다. 나는 교실로 들어간다.

"이현준, 나가."

이현준이 핸드폰에서 시선을 떼고, 작고 가는 눈으로 나를 쳐다본다. 시선을 움직이지 않는다. 어린것이 나와 기 싸움을 하자고 덤빈다.

"눈 깔고 당장 나가."

7반 담임선생님이라는 얼뜨기의 말에 이현준이 걸음을 뗀다.

"잠깐."

이현준이 돌아본다. 작고 가는 눈에 힘을 주고 나를 쳐다본다. 나는 표정을 짓지 않는다.

"인사."

얼뜨기가 이현준의 고개를 아래로 떨구고, 이현준을 데리고 교실을 나간다.

나는 책상 사이로 걸어가 교탁 앞에 선다. 교실을 둘러본다. 얼굴이 뽀얗고, 살이 오르고 키가 큰, 남한 학생이 있다. 나는 얼굴이 거뭇하고, 몸이 마르고, 키가 큰, 공화국 간첩이다. 남파 훈련을 받으면서 내가 이런 상황에 처하리라고는 상상조차 하지 못했다. 나는 내 정체를 숨기고 이기적 개인주의자들의 민주적 선생이 된다.

"자리에 앉습니다."

몇몇 학생이 자리에 앉는다. 인사를 하는 학생도 있다.

"자리에 앉으십시오."

얼뜨기의 말이 떠오른다.

"애들이 어른을 닮아가요. 강하게 보이는 쌤들에겐 약하고, 약하게 보이는 쌤들에겐 강하죠. 여자 쌤보다는 남자 쌤 말을 잘 듣죠."

말뜻을 실감한다. 학생들은 예로 대하면 무례로 답한다. 누울 자리를 보고 발을 뻗는다. 나는 학생이 발을 뻗게 두지 않는다.

"앉아!"

표정을 차게 만들고, 음성에 무게를 싣고, 말투에 각을 세운다. 학생들이 자리를 찾아 앉는다. 얼뜨기가 덧붙인 말이 떠오른다.

"예외도 있지만, 전 오히려 그런 애들이 좋아요. 어른을 닮지 않아서요."

'예외'이지만 어른 흉내를 내고 싶어 하는 고은지가 자리에 앉았다가 일어난다. 교실 앞쪽으로 나온다. 거울 앞에서 아이라인을 그린다.

"너, 앉으라는 말 못 들었니?"

고은지가 나를 본다.

"들었는데요?"

고은지의 동공이 커진다. 나를 알아본다.

"뭐야? 나 이 아줌마 싫은데……."

"나도 너 싫어."

고은지의 시선이 내 시선을 팽팽히 당긴다.

"중학교는 의무교육이라서 내가 그만둘 순 없고, 아줌마가 그만 둬야겠네요?"

"아줌마가 아니라, 선생님. 나 오늘부터 네 담임이야. 고은지."

고은지의 눈동자가 한번 흔들린다.

"내 이름 어떻게 알아요?"

고은지의 음성이 날카롭다. 나는 가운데 분단 아이들을 가리키며 호명한다.

"강태희, 권성수, 이준희, 남현석, 최다은, 장현수, 김고은, 박준석, 손예지, 한정수. 더 할까?"

우와! 하고 학생들이 감탄한다. 내 소개도 하기 전에 종소리가 들린다. 엉덩이를 들썩이는 아이들을 앉히고 말한다.

"내 이름은 임해주, 오늘부터 2학년 7반 담임이다. 이후 내가 들어오는 시간에 제자리에 앉아 있지 않은 학생이 있으면 그 학생 수를 1분으로 계산하여 종례를 늦게 하겠다. 해산."

힘들다고 생각해서는 안 된다. 훈련 기간 내내 힘들어도 힘들다고 생각하지 않았고, 두 번의 임무도 힘들다고 생각하지 않았다. 그런데 남한 선생 노릇은 힘들다. 아직도 첫날이라는 사실이 나를 더 힘들게 한다. 임무 1일. 아무것도 하지 못했다. 아니 일은 많이 했다.

수업시간, 나는 남한에서 인기가 많다는 EBS 강의대로 수업을 진행한다. 수업을 듣는 학생은 대여섯 명뿐, 대부분은 수업에 무관심하다. 눈을 뜨고 앞을 바라보지만 수업은 듣지 않는다. 엎드리거

나 떠들거나 엎드려서 떠들거나 엎드려서 조용히 학원 숙제를 하
는 학생도 있다. 내가 판서하며 설명하는데 자리에서 일어나 움직
이는 아새끼도 있다.

"뭐 하니?"

"쓰레기 버리러 가요."

"쓰레기는 쉬는 시간에 버려."

"이것만 버리구요."

다른 반 수업도 분위기가 비슷하다.

"어디 가니?"

"화장실 가요."

"화장실은 쉬는 시간에 가."

"쌀 것 같아요."

"그럼 싸."

아새끼들이 수군댄다. 나는 교과서를 덮는다.

"수업 중에 뭣들 하니?"

"우리 자유학기 세대예요. 그렇게 해서 애들이 듣겠어요?"

"거꾸로 수업, 하부르타 몰라요?"

"쌤 기간제죠?"

아새끼는 손을 들고 발언 허락을 받은 다음에 일어서서 말하지
않는다. 나는 대답하지 않는다. 저녁 빛처럼 앞날이 창창한 자유민
주주의식 교육 현장에서 나도 대답하지 않을 자유를 누려본다.

교무실에 오면 행정 업무가 있다. 내 업무는 고사계이다. 교무부
장이 메신저로 업무를 지시한다. 학업성적관리위원회, 고사계획 기

안, 가정통신문 기안, 고사 연수, 학부모 시감 기안. 조선 글자이지만 조선말이 아닌 것 같다. 남한 책에도 나오지 않는 말이다. 우리 조선에서 나는 우수한 학생이자 우수한 전투원이었다. 그런데 남한 학교에 잠입하자 나도 얼뜨기가 된다. 확실하다. 남한 학교는 선생을 얼뜨기로 만드는 곳이다.

옆자리에 또라이가 있어 다행이다. 처음이라서 힘드실 거예요. 제가 도와드릴게요. 언제든지, 뭐든지, 물어보세요. 라고 말해준 또라이가 고맙다. 또라이를 본다. 이현준과 함께 있다. 또라이보다 이현준의 음성이 더 크다.

"왜 매일 나한테만 뭐라 그래요?"

"네가 매일 벌점을 받아오니까."

"쌤들이 저한테만 주잖아요."

"너만 수업에 늦게 들어오고, 숙제도 안 해오고, 책도 안 가져오고, 떠들고, 돌아다니고, 핸드폰도 하니까 선생님들이 네게 벌점을 주시지."

"아 씨. 다른 애들도 다 그래요."

선생과 학생의 태도가 바뀌었다. 학교가 아무리 선생을 얼뜨기로 만들지라도 선생이라면 학생 앞에서만큼은 얼뜨기가 되어서는 안 된다고 나는 다짐한다.

종이 울린다. 다른 선생처럼 나도 기계처럼 일어난다. 복도를 지나가다가 7반 교실을 본다. 아새끼는 없다. 전깃불은 환하게 켜 있고, 교실 앞 뒤 문과 창문은 열려 있다. 천장 가운데에서는 뜨거운 바람이 나오고, 벽면 선풍기에서는 시원한 바람이 나온다. 이상한 나라, 이상한 학교, 이상한 아새끼들이다.

창문을 닫고, 온풍기와 선풍기를 끄고 나오는 길에 교실 바닥을 본다. 바닥에 쓰레기가 있다. 과자 봉지, 휴지 뭉치, 찢어진 종이, 정체를 모를 쓰레기, 앞뒤가 하얀 종이도 있다. 쓰레기만 주워 교실 뒤 쓰레기통으로 가져간다. 책상 사이사이에는 가위, 풀, 펜도 떨어져 있다. 모양도 세련되고 질도 좋다. 우리 조선에서는 고맙게 쓸 만한 물건이다. 과자 봉지가 두껍고 질기다. 틈도 없다.

우리 가족이 요덕 관리소에서 나와 새로 정착한 집은 창에 문이 없었다. 석철이와 동회는 산을 내려가 종일 마을과 장마당을 돌아다녔다. 햇발이 사라지고서야 동생들은 낡은 쌀자루를 쥐고 돌아왔다. 쌀자루에는 '대한민국'이라는 글자가 쓰여 있었다. 나는 우리와 같은 글자를 쓰는 나라가 또 있구나 생각했다. 대한민국과 남조선이 같은 나라라는 사실은 후에 알았다. 인민들은 대한민국 쌀을 맛볼 수 없었지만 쌀자루는 구해서 쓸 수 있었다. 대한민국 쌀자루는 인기가 많았다. 어머니는 쌀자루를 잘라서 창을 막았다. 이런 과자 봉지도 우리 조선에서는 유용하게 쓰일 것이다. 나는 쓰레기 아닌 쓰레기를 버리지 못하고 청소함 위에 올려놓는다. 교실 문을 닫고, 복도를 나온다. 아무도 없는 화장실에서는 수돗물이 졸졸 나오고 있다. 수돗물을 잠근다.

점심시간에는 급식 지도를 한다. 얼뜨기를 따라 3층으로 올라간다. 교실마다 복도에 배식 카트가 서 있다. 열 개의 배식 카트에 열 개의 밥통, 열 개의 국통, 쉰 개의 반찬통, 열 개의 음료 묶음이 있다. 세 학년이 있으니 서른 개의 배식 카트가 있다. 사회주의 우리 조선 학교에서는 점심시간에 집으로 돌아가서 밥을 먹고 와야 하는데 자본주의 남한 학교에서는 무상으로 밥을 준다. 콩이 섞인 쌀밥과 빨간 콩나물국, 불고기, 방울토마토가 고명처럼 올라 있는 채소 샐러드, 빨간 김치, 무와 해조류 무침, 과일, 요구르트가 있다. 양도 넉넉하게 배식해준다. 옥수수시래기죽과 염장무로 한 끼를 때우고, 산에 올라가 나물과 뿌리를 캐 먹고 뱀을 잡아 먹던 군 시절이 떠오른다. 속이 불편하다.

나는 1990년에 태어나 '고난의 행군'을 온몸으로 마주하며 자랐다. 우리 조선이 남한보다 더 잘 살았다는 '그때 그 시절'의 무상 의료, 무상 교육 체제는 무너졌고, 배급은 끊겼다. 쌀밥도, 명태도, 돼지고기도 먹지 못했지만 굶지는 않았다. 김정숙사범대학 교원이었던 아버지의 생활비, 월급은 쌀 1킬로그램 정도였다. 어머니는 쌀을 옥수숫가루로 바꾸고, 옥수숫가루를 빵으로 만들어 장마당에 내다팔았다. 덕분에 하루 세 끼 옥수수죽과 염장무 정도는 먹었다. 어머니는 솜씨는 좋았지만 수완은 없었다. 함께 장사를 하던, 이웃 아주머니는 훗날 돈주가 되었다는 소식도 들었다. 우리 집은 그저 세 아이를 키우고 입에 풀칠을 할 정도였다. 하지만 옥수수 속대를 갈아서 만든 묵지가루와 송치가루 죽은 한 번도 먹지 않았으니 형편이 나은 축이었다.

학생들이 식사를 끝내고 복도로 나온다. 나는 퇴식구에 시선을 고정한다. 정신 차리라고 생각 따위는 하지 말라고 귓방망이가 날아오는 느낌이다. 학생들이 밥을, 찬을 버린다. 나는 교실에서 나오는 학생들의 식판으로 시선을 돌린다. 불고기, 요구르트를 제외하

고는 대부분 음식이 그대로 있다. 나는 덩치 좋은 남학생의 식판을
붙잡는다.

"왜 다 먹지 않니?"

"맛없어요."

학생은 퇴식구에 음식을 탈탈 털어놓고 가버린다. 우리 조선 아
이들은 평생 보지 못한 음식도 있을 것이다. 나는 퇴식구로 쏟아지
는 음식만 보며 말하지도 움직이지도 못한다. 교실이 소란스럽다.
학생들이 싸운다. 나는 교실로 들어가 쟤들을 떼놓아야 하는데 내
걸음조차 떼지 못하고 퇴식구만 바라본다. 또라이가 우리 교실로
들어간다. 속이 또 불편하다. 식도에서 쓴 물이 올라온다.

종례를 하러 올라간다. 다섯 명이 복도에서 뛰어다닌다. 교실에
도 네 명이 뒤쪽에 모여서 핸드폰을 본다. 나는 교무실로 내려갔다
가 9분 뒤에 종례를 하러 다시 올라온다. 학생들이 모두 제자리에
앉아 있다. 종례를 끝내고 고은지에게 다가간다. 은지에게 닿기도
전에 학생들이 교탁 앞으로 몰려온다. 결석계 좀 주세요. 엄마가 생
기부 좀 떼 오라고 하는데요. 우리 반은 학급 활동 안 해요? 야영
할 거죠? 쌤도 지각하면 벌점 줄 거예요? 고은지의 모습은 보이지
않는다.

교무실로 돌아온다. 또라이는 자리에 없다. 그러고 보니 교무실
에 빈자리가 많다. 나만 너무 일찍 돌아온 듯하다. 다시 교실로 올
라가려다 말고 자리에 앉는다. 또라이의 책상 위에 질 좋은 교과서
가 펼쳐져 있다. 아름다운 삽화와 시가 눈에 들어온다.

별 헤는 밤. 윤동주.

아버지가 밤하늘을 보며 나직이 읊던 시다. 우리 남매는 별을 세며 아버지의 시를 들었다. 나는 의자를 옮겨 시를 들여다본다. 처음 남한 국어 교과서에서 이 시를 봤을 때 황 사장에게 물었다.

"남한 중학교에서는 이런 시를 배웁니까?"

"간첩이냐?"

황 사장은 재미있는 농담을 했다는 듯이 웃으며 답했다. 그때 나는 웃지 않았다. 그저 가만히 시를 들여다보고 '무덤'이라는 시어를 몇 번 되새김질했을 뿐이다.

누군가 어깨를 친다. 놀라지 않는다. 얼뜨기이다.

"윤동주 좋아하세요?"

"아니요. 아버지가 좋아하셨어요."

"선생님은요?"

"저는…… 백석."

좋아하지 않는다. 가장 익숙한 이름을 댄다.

"저는 김소월 시를 가장 좋아해요."

남한 교과서에 김소월 시가 많았다. '나 보기가 역겨워 가실 때에는 말없이 고이 보내 드리오리다'가 기억난다. 어림없는 소리. 나 보기가 역겨워 간다면 다리를 분질러 주저앉혀야 한다. 김소월은 나약한 서정주의자일 뿐이다. 뼈밖에 남지 않은 나약한 서정주의자의 다리가 눈앞에 어른거린다. 그의 다리는 끝내 분질렸다. 나는 눈을 깜빡인다.

"'영변에 약산 진달래꽃', 저는 통일이 되면 꼭 영변 약산에 가보고 싶어요."

"영변 약산에는 진달래꽃이 없습니다."

"아니, 왜요?"

"핵 개발 때문에……."

"빨갱이 새끼!"

얼뜨기가 책상을 탕 소리 나게 친다. 얼뜨기 또라이 싸이코 주제에. 나는 이 새파란 새끼의 머리통을 탕 소리 나게 치고 싶지만 윗니와 아랫니만 마주 문다. 의자를 끌고 내 자리로 돌아온다.

얼뜨기가 책 세 권을 내민다. 나는 오른팔을 의자 옆으로 내리고 손을 편다. 손등에 푸른 힘줄이 선다. 얼뜨기를 본다. 옆구리, 명치, 목선이 눈에 들어온다. 손날로 얼뜨기의 목선과 명치, 옆구리를 재빠르게 쳐서 얼뜨기를 쓰러뜨리는 상상을 한다.

"선물입니다."

현실에서는 무사한 또라이가 또 개수작질을 한다.

"임 선생님 내면에 있는 시심詩心을 깨우고 싶어요."

"거절합니다."

"제 마음입니다. 받아주세요."

손에 힘을 풀고 팔짱을 낀다. 손이 근질근질하여 내 팔만 두드린다. 이 책 세 권을 무기로 또라이를 넘어뜨리는 장면을 상상한다. 주먹을 쥔다. 한방에 또라이를 날려버리는 장면을 상상한다.

"어서요. 다른 쌤들 오시기 전에……."

나는 주먹을 펴고 책을 내 책상 중앙으로 옮긴다. 책 표지를 본다. 『진달래꽃』, 『하늘과 바람과 별과 시』, 『정본 백석 시집』이다. 『정본 백석 시집』에 시선이 머문다. 아버지에게 받은 백석 시집과는 다르다. 내 백석 시집은 표지에 '백석 시집 사슴'이라는 여섯 글자만 있었다. 사슴 그림도 없었다. 이 시집에도 사슴 그림은 없다. '白石'이라는 글자가 그림처럼 그려 있다. 백석 사진도 있다. 호방해 보이는 미남이다. 아버지를 닮았다. 나는 백석 시집을 서랍에 처박아 버린다.

칭찬과 래포

출근하자마자 교감이 부른다. 친절 가면을 벗고 신경질이 가득한 얼굴이다.

"어제 7반 청소했어요? 쓰레기만 대충 줍고, 문단속만 철저히 했나 봐요."

남한에서는 선생이 청소와 문단속을 하는 모양이다. 교감은 청소 검사를 하는 모양이고.

"어제 너무 경황이 없었습니다. 죄송합니다."

자리로 돌아온다. 교감이 나가자 얼뜨기가 가까이 와 속삭인다. 왼쪽 어깨가 간지럽다.

"아이들이 청소를 잘 못해서 선생님이 임장 지도하셔야 돼요. 소등, 문단속도요. 열쇠는 학급함 2층에 두는 거 아시죠?"

학급함을 확인한다. 출석부와 열쇠가 제자리에 있다. 얼뜨기가 쓰레기를 줍고 불을 끄고 문을 잠근 모양이다.

교무부장은 기안이 왜 안 올라왔느냐고 묻는다.

"나이스 인증서도 아직 안 왔는데요. 급한 거면 제가 올릴게요."

얼뜨기가 대답하고 나를 본다. 시간표가 변경되었으니 학급에도 안내하고 나도 보라고 한다. 얼뜨기가 가까이 와 메신저를 연다. 변동 시간표를 다운 받아서 보는 법을 설명해준다. 나는 상체를 오른쪽으로 옮겨 얼뜨기와 거리를 둔다. 얼뜨기는 아랑곳하지 않고 공지 프린트에 2학년 7반 변동 시간표를 메모한다. 오늘은 학급함에서 열쇠도 가져가라고 한다. 출석부는 모범생 담당자가 등교하면서 교실에 가져다 놓는다고 한다. 열쇠는 제일 일찍 오는 사람이 가져가야 하는데 귀찮아서 창문을 타 넘는다고 한다. 나는 대답 대신, 고개를 오른쪽으로 빼고, 얼뜨기의 몸과 닿은 내 왼쪽 어깨를 문지른다.

점심식사와 양치를 15분 만에 끝내고 학년부실로 간다. 2학년 회의이다. 화장이 너무 심하다고 학부모가 학교에 전화를 했다고 한다. 학년부장과 선생이 이야기를 주고받는다.

"아니, 집에서도 못하는 걸 학교에서 무슨 수로 잡아요? 부모 말도 안 듣는데 우리 말 들어요?"

우리 조선과 반대이다. 조선 아이들은 부모 말은 안 들어도 선생님 말씀은 잘 듣는다.

"벌점을 주시든가, 빽빽이를 쓰게 하시든가, 남기시든가, 요령껏 잘 부탁드립니다."

학년부장의 말에 회의가 끝나나 했더니 선생이 대꾸를 한다.

"벌점 주면 왜 벌점 줬냐고 전화 오고, 빽빽이 쓰게 하면 학원 숙제 못 한다고 전화 오고, 남기면 과외 시간에 늦는다고 전화 오는데요."

"누가 전화를 하는데요?"

내가 묻는다. 모두 나를 쳐다본다.

"학부모가 전화하죠."

우리 조선에서는 있을 수 없는 일이다. 조선에서는 선생이 부모에게 전화를 많이 한다. 조국이 원하는 물품을 얻기 위해서. 선생이 필요한 뇌물을 받기 위해서. 가끔 학생은 내가 때리겠으니 부모는 학생을 때리지 말라, 주의를 주기 위해서.

"전화 안 오게 하는 것도 담임 능력이지."

비판이 아니라 비꼬기이다. 자유민주주의식 회의는 비판과 반성은 없고 비꼬기와 불평만 있다. 선생들은 말을 멈추지 않는다. 7반이 제일 심해. 차세웅은 바지를 너무 줄여서 민망하고, 은지는 마스카라, 아이라이너까지 했어. 둘이 시작하니까 다 따라 해. 차세웅은 쓸데없는 말이 얼마나 많은지 수업을 못 하겠다니까. 모두가 또 나를 쳐다본다. 우리 조선에 있다면 자아비판을 하겠지만 남한에 있으니 남한식으로 한다.

"수업시간에 입 닥치게 하는 것도 교사 능력입니다."

침묵이 흐른다.

"바지 좀 줄이고 화장 좀 하면 안 됩니까? 도덕이나 예절이 우선순위입니다만?"

"그렇죠. 7반이 지도할 게 많죠."

"오죽했으면 담임이 삼 주 만에 병이 나서 그만뒀겠어?"

"임 선생님이 고생하시겠네요."

"해주 쌤, 건강 잘 챙기세요."

갑자기 나를 이해하고 격려하는 분위기가 된다.

"더 이상 민원 발생하지 않게 잘 지도하라는 교감 선생님의 당부가 있으셨습니다만…… 7반은 제가 지도해도 되구요."

학년부장의 말을 끝으로 선생이 자리를 뜬다. 얼뜨기들, 강자에는 약하게 약자에는 강하게, 남한에서는 학생과 선생이 똑같다.

종례시간에 고은지와 청소 당번을 남긴다. 고은지를 데리고 2학년부 상담실로 간다. 나는 고은지를 마주 보고, 미소를 지으며 부드럽게 말한다.

"내일부터 화장은 지우고 와라."

얼뜨기가 알려주었다. 학생을 지도할 때는 따로 불러서 조용히 지도하는 방법이 더 효과가 있다고. 우리 조선의 방법과 다르다. 얼뜨기에게 이유를 물었다. 학생의 반항심을 누그러뜨리기 위해서란다. 우리 조선에서는 본보기를 보여주기 위해 많은 아이들 앞에서 학생을 지도한다. 착하고 순박한 조선 아이들은 선생이 동무들 앞에서 욕을 하고 때려도 반항은커녕 선생을 하늘로 안다.

고은지가 나를 땅으로 알아도 좋다. 눈에 쌍심지를 끄고 똑바로 앉아서 점잖게만 말해준다면.

"다른 쌤들은 암말 안 하는데 왜 쌤만 그래요?"

우리 조선에서라면 대답과 동시에 고은지는 한 대 맞는다. 하지만 너희 남한이니까 나는 손을 의자 밑으로 내리고 미소를 짓는다.

"우리 학교 교칙인데, 그럴 리가?"

"진짜예요. 교과 쌤은 암말 안 하는데요?"

"나는 네 담임이잖아."

"1학년 때 담임쌤도 괜찮았는데요?"

"강, 석, 주! ……선생님이?"

"네. 친구들만 괴롭히지 않으면 다른 교칙은 위반해도 다 눈감아 주셨는데요."

손등에 힘줄이 선다. 손날로 얼뜨기의 명치를 탁 소리나게 가격하는 장면을 상상하면서 잠시 쉰다.

"2학년 담임쌤은 괜찮지 않아. 내일도 화장하면 네게 벌을 줘야 돼."

"전 화장 포기 못 해요."

고은지는 남한 학생이라는 사실에 감사해야 한다. 우리 조선 학생이라면 매가 부러질 정도로 맞았을 테다.

"넌 화장을 해야겠고 나는 지도를 해야겠으니 화장을 한 날은 남아서 빽빽이를 써."

"쓰면 되죠."

"오늘부터."

고은지를 교무실로 보내고 교실로 돌아온다. 청소 당번은 없고, 교실은 엉망이다. 먼지와 쓰레기는 그대로인 채, 교실 몇 군데 물로 찍어 바른 자국만 보인다. 대걸레로 시늉만 한 모양이다.

검은 재킷을 벗고, 흰 셔츠 소매를 걷는다. 창을 열고, 바닥에 뒹구는 빗자루를 주워 교실 앞쪽부터 쓴다. 바닥에 앉아 톱밥을 백 번 문지르며 반짝반짝 광을 내던 소학교의 마룻바닥이 떠오른다. 내 마음속에서도 무언가가 떠오른다. 분노이다. 빗자루를 던져버린다. 내 손에 있어야 할 물건은 빗자루가 아니라 총검이다.

"7반 애들이 담임선생님이 얼마나 무서운 분인지 아직 모르네."

얼뜨기가 교실로 들어와 빗자루를 주워 든다.

"임 선생님도 청소에 너무 에너지 쓰지 마요. 그냥 대충 보이는 큰 쓰레기만 없으면 되지."

얼뜨기가 큰 쓰레기를 쓰레받기에 담아 쓰레기통에 버리고, 청소 도구를 정리한다. 나는 얼뜨기를 노려본다.

"제가 뭐 잘못했나?"

"반말 섞지 마십시오."

"내가 많아 보이는데…… 몇 살……이에요?"

"내가 강 선생보다 두 살 많지."

"그럼 서른둘? 아닌데, 훨씬 어려 보이는데……요?"

"강 선생은 서른이군. 나는 서른하나이니 반말하지 마라."

"와, 진짜 어려 보이십니다. 완전 동안 미녀."

할 말을 잃는다. 동안 미녀라는 소리를 한 번도 들어본 적이 없다.

"어때요? 기분 좋으시죠?"

얼뜨기의 태도가 공손해졌다.

"칭찬이요. 아이들하고 래포를 형성하면 그러니까 서로 신뢰하고 공감하고 친밀한 감정을 느끼는 관계가 되면 아이들이 선생님 말씀에 좀더 귀기울일 거예요. 우리처럼요."

얼뜨기가 웃는다.

"우리 사이에 래포가 있습니까?"

"없나요? 없으면 말구요. 래포가 있어야 나이스 들어가서 기안 올리고 가정통신문 보내는 방법도 알려드릴 수 있는데……."

얼뜨기는 래포 없이도 다 알려주리라는 걸 이제 안다. 얼뜨기가 창문을 닫고 소등을 한다.

교무실로 내려와 고은지를 찾는다. 없다. 교무실에서 기다리라고 하면 기다릴 줄 알았던 내가 또 얼뜨기가 된다. 체벌도 고성도 욕설도 안 된다. 이 되바라진 아새끼를 어떻게 지도해야 할지 고민한다.

"다 썼어요."

눈앞에 벌레 그림이 빽빽한 종이가 보인다. 고개를 드니 고은지가 종이를 내밀고 있다.

"뭐니?"

"영어예요. 오늘 배운 본문이요."

"은지 기특하네. 담임선생님이 영어 쌤이라고 영어를 썼네."

얼뜨기 강석주가 큰 소리로 떠든다. 나는 빽빽이를 들여다본다. 남한 아이들은 컴퓨터를 많이 써서 그런지 손글씨가 영 이상하다.

"내일도 화장할 거니?"

"내일은 똥 안 싸세요?"

나는 팔을 의자 옆으로 내린다.

"고은지는 교칙을 어기고, 선생님의 지도도 안 따르지만……."

팔짱을 끼고 내 팔을 두드린다. 흰 종이 위에 꿈틀거리는 벌레를 한번 본다.

"네가 쓴 빽빽이에는 품위가 있구나."

"헐……."

고은지가 이마를 찡그린 채 입을 다물지 못한다. 나는 미소를 짓
는다.

"칭찬이야."

칭찬의 힘인가. 고은지가 더 이상 대꾸하지 않는다.

항상 준비

　강석주가 알려준 원격 연수원에서 교수학습지도 방법을 공부한다. 모둠 활동, 프로젝트 수업, 학생중심수업, 과정중심평가. 수업인지 놀이인지 헷갈린다. 수업이 이 모양이니 남한 학생들은 대학을 가기 위해 잘 시간까지 학원을 다니고 인터넷 강의를 듣는 모양이다.

　연수에서 배운 대로 과제를 주고 모둠 활동을 한다. 아이들은 영어로 마을 지도를 제작해야 한다. 네 명이 한 모둠이다. 아이들은 시끄럽다. 모둠 활동을 할 때는 이 소란을 견뎌야 한다고 했다. 민주주의는 시끄럽다.

　아이들을 관찰한다. 매 시간 아이들의 수업 활동을 관찰하고 기록해서 수행 평가에 반영해야 한다. 아이들은 모둠 활동을 하지 않는다. 각 모둠에서 마을 지도를 만드는 학생은 한두 명이다. 나머지 아이들은 색연필로 교과서에 낙서를 하거나 사인펜으로 서로의 얼굴에 그림을 그리거나 다른 모둠 친구에게 파스텔을 던진다. 난리법석이다. 어떤 아이는 다른 모둠으로 가서 몸 장난을 친다. 교실에서, 내 수업시간에, 망할 민주주의 미친 바람이 불고 있다. 그 가운데 아무 짓도 하지 않는 아이도 몇 명 있다.

"그만!"

내 목소리는 미친 아새끼들에게 들리지 않는다. 선생들이 마이크를 들고 교실로 들어가는 이유를 알겠다.

"그만!"

소리를 높인다. 교실이 조용해진다. 찰나 이현준은 나누어준 활동지를 뭉쳐 다른 분단 학생에게 공처럼 던진다. 나는 '이현준' 이름을 부르고 이현준은 고개를 쳐든다.

"왜 저만 불러요?"

이현준의 말투에서 바람 빠진 공이 튀는 소리가 난다.

"다른 학생들은 태도가 괜찮아졌구나."

"씨발, 맨날 나만 갖고 그래."

이현준이 책상을 발로 찬다. 우리 조선에서는 있을 수 없는 일, 내 수업시간에는 일어날 수 없는 일이다. 나는 오히려 침착해진다. 나는 목소리에 추를 매단다.

"이 새끼, 너 지금 뭐라고 했니?"

차가운 시선을 이현준에게 고정시키고 한쪽 입꼬리만 올려 웃는다.

"아무 말도 안 했는데요?"

바람 빠진 공이 튀어오르지 못하고 구석으로 굴러간다.

"나만 들었니? 씨. 발. 새끼야."

나는 조용해진 아이들을 둘러본다.

"너희들은 못 들었니?"

아무도 대답하지 않는다. 종이 울린다. 아이들은 밖으로 나간다. 나는 무력해진다.

곧이어 7반 수업이다. 2학년에서 수업 태도가 제일 나쁜 반이라는데 담임인 내 앞에서는 아직 꼬리를 감추고 있다. 하지만 모둠 활동을 하니 역시나 엉망이다.

"지금 뭐 하니?"

내 분노는 조국을 위해 써야 하는 감정인데 이 순간 화가 난다.

"이번 시간에 여러분은 학습한 단어를 활용하여 모둠원과 함께 마을 지도를 만들어야 한다. 그런데 어째서 몇 명만 과제를 하고, 다들 제멋대로 구니? 너희는 질서도 규칙도 예의도 본분도 협동도 모르니?"

모르겠지. 우리 조선은 하나의 대가정이다. 원수님은 아버지, 당은 어머니이다. 하나는 전체를 위하여 존재한다. 우리 조선 부모들은 학교에 가면 선생님 말씀을 잘 듣고, 친구를 돕고, 학교에서 돌아오면 어른 말씀을 잘 듣고, 이웃을 도우라고 입에 침이 마르도록 가르친다. 남한에서 대통령은 인민과 언론의 욕받이, 당은 내 이익을 위하는 내 편 아니면 내 이익을 해치는 남의 편이다. 전체는 '나' 하나를 위해 존재해야 한다. 부모는 내 아이만 잘나야 하고, 내 아이만 대접받아야 하고, 내 아이만 최고여야 한다고 가르친다.

"윤동주와 김소월, 백석 시를 읽는 아이들이 어찌 이 모양이니?"

나와 내 형제들이 너희 같은 시절을 누릴 수 있었다면……. 속이 불편해진다.

"너희는 안락한 현재와 희망찬 미래가 있는데 왜 지금만 사는 것 처럼 제멋대로 구니? 너희에게 주어지는 '옷과 밥과 자유'*와 시가 아깝구나."

나는 교실을 나와버린다. 복도에 서서 창밖을 바라본다. 학교 울 타리 밖에는 꽃이 피고 있다. 내가 꽃보다 나무보다 못한 존재 같 다. 내가 못나서 너무 못나서 '학교'라는 감옥에 갇힌 것 같다. 교실 은 다시 시끄러워진다. 아이들에게 임해주 선생은 없다. 그만. 생각 이 많아진다. 위험하다. 항상 준비. 내게도 아이들은 없다. 처음부 터 없었다. 나는 진짜 선생이 아니다. 남한 선생 노릇은 분노할 가 치조차 없는 일이다. 내게는 임무만 있다. 하루빨리 임무를 완수하 고 이 감옥을 떠나리라 다짐한다.

교무실로 돌아와 내 자리에 앉는다. 책상 위에 8반 마을 지도 과 제물이 놓여 있다. 그 위에 진분홍색 하트 쪽지와 막대 사탕이 놓 여 있다. 쪽지를 읽는다.

선생님 수업을 좋아하는 학생들도 많아요. 학원을 안 다녀서 걱 정했는데 선생님이 문법을 잘 정리해주셔서 좋아요. 힘내세요.

이상하다. 속이 불편하고 쓰린 증상만 있었는데 이제는 가슴이 따끔거린다. 사탕을 집어 든다. 더 이상하다. 사탕을 빨지도 않았는 데 입안이 달다.

* 김소월의 시 제목.

105

모처럼 제시간에 퇴근한다. 온갖 잡무를 다 맡고 늘 남아서 일을 하던 강석주도 컴퓨터를 끄고 퇴근을 준비한다. 나는 서둘러 교무실을 나온다.

교문을 앞에 두고, 축구공이 날아온다. 강석주는 언제 따라왔는지 공을 피해 내 뒤로 숨는다. 나는 공을 발로 찬 다음 세운다.

"공 좀 주세요."

차세웅이다. 7반 남학생이 많이 보인다. 나는 7반 학생 쪽으로 공을 찬다. 7반 민수가 다시 내 쪽으로 공을 찬다. 남한식 반항인 모양이다.

"같이 하자는 뜻이에요."

강석주가 내 옆에 나란히 선다.

"왜죠?"

"친해지고 싶으니까요."

"절 좋아하지 않는데요."

"선생님이 아이들을 좋아하지 않으시겠죠."

강석주 말이 맞다. 이 학생들을 좋아하지 않는다. 더구나 오늘은 이 학생들이 불편하다. 선생이 수업시간에 화를 내고 나가버려도 떠드는 학생들이다. 8, 9, 10반은 과제물을 냈지만 7반은 과제물도 내지 않았다. 나는 화가 풀리지 않아 종례 때에도 아무 말 없이 학생들을 보냈다. 누구 하나 사과하는 학생이 없었다. 대부분 인사도 하지 않고 가버렸다.

"아이들이잖아요. 마음에 담아두지 않아요."

강석주가 내 마음을 알고 있는 듯 말한다.

"임 선생님, 운동 좀 하셨죠? 저기 우리 반도 있네요. 지면 아이스크림 내기. 가요."

강석주가 공을 차면서 달려간다.

"뭘 해도 강 선생님보다는 잘할 자신 있습니다."

나는 강석주보다 앞서 달린다.

"오!"

7반 학생들이 변성기 저음으로 환영한다. 표정엔 티끌 한 점 없다. 아이들이 정말 나랑 친해지고 싶은 모양인가.

민원

　1교시 수업을 하고 내려오니 교감이 나를 부른다. 표정에도 음성에도 또 화가 잔뜩 묻어 있다. 우리 조선으로 데려가서 분노 조절 훈련을 시키고 싶다. 내가 교감 자리 앞으로 가자마자 대뜸 묻는다.

　"욕했어요?"

　"네?"

　"학생한테 욕했어요, 안 했어요?"

　어제 8반에서 이현준에게 '새끼'라고 했다. '씨, 발, 새끼야'라고도 했다.

　"했습니다."

　"정신 있어요? 교사가 학생한테 욕을 하면 어떡해요? 민원 들어왔잖아요."

　교감은 화가 나면 사투리 억양이 강해진다. 나는 더 강한 우리 고향 말로 맞받아치고 싶지만 그럴 수 없다.

　"먼저 사정을 들어보시죠."

　"교장실에 학부모 와 있어요. 일 크게 만들지 말고 사과하세요."

민원 방지할 것, 일 크게 만들지 말 것. 교감이 늘 강조하는 점이다. 교감은 내 말은 들어볼 생각도 없다는 듯이 교장실로 향한다. 나는 우리 공화국 혁명 전사이다. 가슴을 펴고 어깨를 세우고 교감을 따라간다.

"임 선생님 앉으세요."

평소 무뚝뚝한 교장이 오늘따라 친절하게 나를 맞는다.

"임해주 선생님이시고, 이현준 어머님이십니다."

교장이 손을 뻗어 내 소개를 하고, 이현준 어머니를 쳐다본다.

"임 선생님께서 교직이 처음이고 열정이 넘치다 보니 학생을 지도하는 과정에서 실수를 하셨나 봅니다. 임 선생님도 깊이 반성하고 사과한다고 하니 어머님께서 마음 푸십시오. 임 선생님."

교장이 나를 보며 미소를 짓는다. 사과를 하라는 뜻이다. 생활 총화 시간이 떠오른다. 매주 토요일마다 호상 비판을 하다 보니 나중에는 없는 잘못을 만들어 동무를 비판하고 자기 잘못을 비판하던 시간이었다. 하는 수 없이 총화 시간 전에 동무와 비판할 잘못을 미리 짜놓기도 했다. 생활 총화 시간은 내게 농촌 동원이나 땔감 전투보다 힘든 시간이었다. 남한에 와서까지 내가 잘못하지 않은 일을 비판할 생각은 없다.

"먼저 지도 중인 교사에게 욕을 한 현준이 사과부터 받겠습니다."

교장의 표정이 일그러진다. 교감이 팔꿈치로 옆구리를 친다. 이현준 어머니의 음성이 높아진다. 교육청, 고발, 징계라는 단어가 들린다. 남한 간부는 뇌물을 받지 않는다고 들었다. 교육청에 접수하면 공명정대하게 시비를 가려주겠지. 내가 바라는 바이다. 그럼 교육청으로 가시죠. 라고 말하려다가 그만둔다. 무서워서가 아니다. 사건이 길어지는 게 싫다.

"학생이 교사의 지도를 따르지 않고, 수업을 방해하고, 수업 태도가 나빠서 교사가 지도하는 중에 제 잘못을 반성하지 않고, 오히려 교사에게 씨, 발 욕을 했지만……."

교장, 교감, 이현준 어머니가 놀란다. 나는 말을 잇는다.

"교사가 너그러운 마음으로 넘어가지 않고, 학생이 교사에게 한 욕 씨, 발 욕을 굳이 인용하여 열심히 지도하려 한 점 사과드립니다. 그리고 부탁드립니다. 학생 이현준이 교사에게 예의를 갖추고, 수업시간에 바른 태도로 임하고, 교사의 지도를 잘 따를 수 있게 지도해주십시오."

교장이 웃지도 울지도 않는, 오묘한 표정을 짓는다. 나는 교장에게 인사를 하고 교장실을 나온다.

자리로 돌아온다. 강석주가 무거운 목소리로 이현준을 지도하고 있다. 나는 자리에 앉는다.

"선생님, 제가 우리 반 학생을 잘 지도하지 못했습니다. 죄송합니다."

강석주가 내게 사과를 한다. 이현준은 종이 한 장을 내민다. 강석주가 한마디하자 이현준은 죄송합니다, 라고 한마디한다. 이현준이 쓴 반성문을 본다. 영어 선생님이 자기만 혼내서 자기도 모르게 예의 없이 굴었다. 하지만 욕은 하지 않았다. 죄송하다. 앞으로 잘하겠다, 라는 내용이다. 남한 선생은 형식적인 반성문, 거짓 사과를 받고 학생을 용서해주는 모양이다. 나는 그러고 싶지 않지만 내 임무에만 충실하기로 한다. 거짓 용서, 형식적인 지도를 하고 이현준을 보낸다.

책상 위. 필통에 꽂혀 있는 막대 사탕을 본다. 남한에서는 껌 하나도 받아선 안 된다고 했다. 갑자기 저 사탕이 독으로 보인다. 앞에 붙여 놓은 하트 쪽지를 본다. 저 사탕만은 진심이라고 믿고 싶다.

책상 한편에는 고은지의 빽빽이가 쌓여 있다. 고은지는 매일 화장을 하고, 짧게 줄인 교복 치마를 입고, 빽빽이를 쓴다. 한숨이 나온다. 학생도 학교도 남한도 싫다. 비를 맞으며 구르고, 강추위를 견디며 걷고, 무더위와 싸우며 뛰던 시절이 좋았다. 힘든 훈련을 어떻게 견뎠는지 생각한다. 목표였다. 바람이었다. 임무를 완수하고 하루빨리 떠나야 한다. 목표를 달성하고 바람을 이루어야 한다.

인터넷에서 화장을 진하게 하는 사람의 심리를 조사해본다. 미제 심리학자 피셔가 말했단다. 인간은 자신과 타인의 경계에 불안을 느끼면 타인의 주목을 끌 만한 옷차림이나 행동을 하게 된다. 이는 겉을 화려하게 꾸밈으로써 자신과 타인과의 경계를 확실히 하여 자신을 지키려는 심리라고 한다. 번역이 이상한 건지, 타인의 경계에 불안을 느끼면서 타인과 경계를 확실히 하려는 심리는 도대체 무엇인가. 역시 미제 심리학자. 별 도움이 안 된다.

은지가 빽빽이를 내민다.

"오늘 글씨는 낫죠?"

은지의 태도가 조금 부드러워졌다. 나는 은지에게 옆에 앉으라고 한다. 은지와 시선을 맞추며 대화를 시도한다.

"오늘은 눈에 먹칠을 안 했구나. 눈이 작아 보인다."

"헐, 작아요?"

은지가 눈을 크게 뜬다.

"작아서 사람같이 보인다는 뜻인데……. 전에는 홍콩 귀신 같았어."

"지금 저 놀리시는 거죠?"

"칭찬이야."

"헐."

유머스러운 칭찬으로 은지와 래포를 형성한다.

"선생님은 네가 왜 화장을 하는지 이해해. 하지만 지금처럼 얼굴에 먹칠은 덜 했으면 좋겠구나."

은지가 네, 라는 대답은 하지 않는다. 괜찮다. 이제 대답은 중요하지 않다.

"은지 아버님 연세가 많으시더라."

은지의 동공이 흔들린다. 눈매가 예민해진다.

"왜요? 우리 아빠 나이 많아서 이상해요?"

강석주가 말했다. 친어머니의 사정으로 외할아버지 호적에 올랐으리라고 추측은 하지만 은지가 싫어하는 것 같아서 굳이 물어보지는 않았다고 했다. 그리고 덧붙였다.

"담임이 학생의 가정환경을 파악하고 있어야 한다고 하지만 전 담임이라도 학생이 지키고 싶어 하는 비밀은 지켜줘야 한다고 생각해요."

강석주의 말이 맞다.

"아니, 부러워서. 선생님은 아버지가 일찍 돌아가셨거든."

"헐."

은지의 '헐' 음 높이가 평소보다 낮다.

정신없이 며칠이 흘렀다. 평상에 앉아 서울의 밤을 바라본다. '별 하나에 추억과 별 하나에 사랑과 별 하나에 쓸쓸함과 별 하나에 동경과 별 하나에 시와 별 하나에 어머니, 어머니'를 부르던 윤동주의 시가 떠오른다. 서울의 밤하늘에는 별빛 대신 불빛이 반짝인다. 불빛을 하나하나 세면서 동희와 석철이, 어머니를 마음속으로 불러본다. 같은 하늘, 다른 밤을 보면서 동희와 석철이, 어머니도 내 생각을 할까. 내 고향, 양강도 혜산의 밤은 아직 겨울밤이다. 서울의 밤은 봄밤이다. 봄밤의 봄바람이 내 얼굴에 와닿는다. 부드럽고 따뜻해서 싫지 않다.

황 사장이 담배를 들고 올라온다. 담벼락에 기대 담배를 피운다. 남한 남자처럼 손을 내저어 연기를 내 반대쪽으로 보낸다.

"고은지 말입니다. 다치게 해서도 안 되고, 놀라게 해서도 안 되고, 충분히 래포 아니 신뢰감을 주고 좋은 관계를 쌓은 다음에 데려오라는 걸 보면 고위 간부 동지 딸이겠지요? 정확히 누구 딸일까요?"

황 사장이 가까이 온다.

"극비야. 나도 알 수가 없어."

"누구 딸인지도 모르고 비행기에 태워도 될까요?"

"되지. 네 임무잖아."

"제 말은, 고은지에게 괜찮을까요?"

황 사장이 담배를 끄고 나를 쳐다본다.

"넌 고은지의 진짜 선생이 아니야. 고은지는 너의 공작 대상이고 넌 고은지를 상대로 임무를 수행하고 있을 뿐이야. 냉정을 잃지 마. 네가 늘 하던 소리잖아."

황 사장이 옳다.

서울의 밤은 피로하다. 커튼을 치고 불을 끄고 눈을 감아도 캄캄하지 않다. 잠을 깊이 잘 수 없다. 꺼지지 않는 불빛 때문이다. 인민의 자본과 노동을 착취해서 빛나는, 가짜 빛이다. 서울의 바람은 미세 먼지 가득한, 진짜 황색 바람이다. 잠시 딴생각을 했던 나를 비판한다. 항상 준비! 소년단 구호를 떠올리며 원수님과 당에 충성을 맹세한다.

계급 사회

내 자리 전화가 울린다. 내선 번호가 아니다. 핸드폰 번호이다. 학부모의 전화라면 좋은 일은 아닐 것이다. 나는 약간 긴장하며 전화를 받는다. 2학년 7반 이민경 어머니란다. 이민경에 대해 떠올린다. 늘 조용한 아이, 나를 귀찮게 하지 않는 아이, 말썽을 일으키지 않는 아이, 화장을 하지 않는 아이, 교복을 단정히 입는 아이, 그래서 싫지 않은 아이이다. 이민경 어머니가 학교에 오겠다고 한다. 이제는 남한 어머니가 학교에 오는 일에 익숙해졌다. 어머니들은 담임과 면담도 하고 연수도 받고 행사에도 참여한다.

"민경이한테 무슨 일 있습니까?"

"만나서 말씀드릴게요."

말투가 부드럽지 않다. 수업이 없는 6교시에 면담 약속을 잡는다. 종일 신경이 쓰인다. 어머니가 왔다 가고, 교감이 담임에게 짜증을 내고, 담임은 죄송하다고 머리를 조아리고, 생활지도부 늙은 남자 선생은 담임에게 못마땅한 티를 내는 장면을 몇 번 보았다.

학교 폭력 설문지에 우리 반은 아무것도 나오지 않았는데 혹시

몰라 수업시간에 다시 묻는다. 대부분의 아이는 모르겠다는 표정
이다. 우리 반은 그런 일이 없다고 대답한다.

"믿어도 되니?"

"네."

아이들의 표정도 음성도 해맑다.

선배 선생들이 믿는 도끼에 발등 찍힌다고 했다. 보고 또 보고,
의심하고 또 의심해야 된다고 했다. 아이들과 선배 선생들, 누구의
말이 옳을까. 선배 선생들의 말이 옳았다.

고은지가 그간 이민경에게 빽빽이 셔틀을 시켰다고 한다. 돈도
세 번 빌려가서 갚아주지 않았다고 한다. 일명 삥뜯기. 이 학교에
오기 전부터 골목에서 가끔 보던 장면이다. 고은지는 이현준이 초
등학생을 삥뜯을 때 말리던 아이였다. 단지 이현준과 사이가 좋지
않아서 이현준이 하는 일을 무조건 방해한 모양이다. 고은지를 알
다가도 모르겠다.

민경이 어머니는 고은지가 민경이를 만만하게 본다고 하였다. 민
경이가 임대아파트에 살고, 공부를 못하고, 부모가 돈 버느라 바빠
서 민경이를 잘 돌보지 않았기 때문이란다. 사실 고은지도 처지가
다를 바 없는데……. 민경이 어머니에게 고은지의 사정은 말하지
못한다.

"어머님, 우리 학교에는 임대아파트에 사는 아이들이 더 많습니
다. 민경이보다 성적이 낮은 아이들도 더 많고요."

고은지이다. 7반 꼴찌. 2학년 꼴찌.

"민경이는 수업 태도가 좋고, 예의 바르고, 용의복장도 단정하고,

맡은 일도 잘하는 아이입니다. 고은지가 민경이를 만만하게 볼 이유가 없습니다. 민경이 탓도 하지 마시고, 자책하지도 마십시오. 혹시 고은지가 민경이를 때리기도 했나요?"

"우리 민경이가 고분고분하니 때리지는 않았지만 고은지의 존재 자체가 우리 민경이에게 폭력이에요."

민경이 어머니가 눈물을 흘린다. 어쩌다가 열다섯 살 소녀는 존재 자체가 폭력이 되었을까.

"어머님, 학폭위에 사안을 접수해서 고은지를 징계하고, 다시는 민경이를 괴롭히지 못하게 하겠습니다. 원하시면 학급도 교체할 수 있습니다."

고은지는 1학년 때도 비슷한 사안으로 학폭위에서 징계를 받았다. 나는 잠시 은지를 걱정하다가 정신을 차린다. 내 임무에 도움이 되는 방향을 생각한다.

"아니요, 선생님. 학폭위로 우리 민경이가 괜히 주목받는 건 싫어요."

"어머님, 폭력에는 응당한 대가가 따라야 합니다."

나는 내 임무를 망각한다. 고은지가 벌을 받아야 한다고 생각한다.

"학폭위 때문에 민경이가 더 스트레스 받을 거예요. 그냥 고은지가 우리 민경일 더는 건들지 않게만 해주세요."

나는 공작원으로서 다행이라고 생각한다. 하지만 이민경의 선생으로서, 고은지의 선생으로서는 마음이 불편하다.

"그럼 제가 고은지를 반 죽여 놓겠습니다."

진심이다. 고은지에게 화가 난다. 감정이 생긴다. 조국을 배반한 반역자, 나약한 서정주의자에게 느꼈던 배신감이 고은지에게 든다.

방과 후에 고은지를 데리고 상담실로 간다. 고은지를 의자에 앉힌다. 민경이 어머니에게 고은지를 반 죽여 놓겠다고 했지만 내가 할 수 있는 일은 사실 조사, 타이르기, 반성문 쓰게 하기 정도이다. 나도 고은지 옆에 앉는다. 나는 고은지를 쳐다만 본다. 무슨 말부터 해야 할지 모르겠다.

"왜요? 화장하지 말라구요? 대신 빽빽이 쓰잖아요."

"그 빽빽이 네가 썼니?"

"네."

고은지는 당당하게 대답한다.

"정말 네가 썼니?"

"네."

내 두 눈을 똑바로 쳐다보면서 거짓말을 한다. 아이의 거짓말에 화가 난다. 나는 고은지의 진짜 선생도 아니다. 내 임무만 수행하면 된다. 고은지가 친구를 괴롭히든, 거짓말을 하든 내 알 바 아니다. 고은지를 포섭하여 북으로 데리고 가야 한다. 적당히 넘어가자 다짐하면서도 나는 책상 위에 고은지가 쓴 빽빽이 뭉치를 던진다.

"며칠 만에 글씨체가 달라졌네."

"앞에 건 대충 써서 그래요."

나는 백지를 내민다.

"그래? 그럼 대충 안 쓴 것과 똑같이 써봐."

고은지는 이민경이 쓴 글씨체를 꾸역꾸역 흉내만 낸다. 속이 뻔한 거짓말을 왜 하는지 모르겠다. 내가 만만해서인지 나를 무시해서인지 아님 고은지의 인성에 문제가 있어서인지, 정말 모르겠다.

"그만해. 선생님은 다 알고 있어."

"제가 썼다니까요."

"삼자대면할까? 뺑뜯은 것까지도."

"빌린 거예요. 물어보세요."

"끝까지 거짓말이야?"

나는 고은지의 등짝을 후려친다.

"왜 때려요? 선생이 학생 때려도 돼요?"

"내가 네 선생이긴 하니? 빽빽이는 네가 쓰는 거야. 돈을 빌렸으면 갚아야지. 너를 두려워하는 친구한테 빽빽이를 쓰게 하고, 빌린다는 명목으로 돈을 빼앗았어. 그건 폭력이야. 폭력까지는 그래, 선생님이 어떻게 지도해보겠어. 근데 거짓말은 교사에 대한 예의가 아니잖아. 인간에 대한 예의가 아니잖아. 신뢰를 저버리는 거잖아. 네가 나를 선생으로 대하지 않는데 내가 너를 학생으로 대해야 돼? 네가 내 믿음을 배반했는데 나는 원칙을 지켜야 돼?"

이번 임무는 실패인가. 또 속이 쓰린다. 가슴이 답답하다.

"쌤도 저한테 실망하셨겠네요."

실망. 고은지에게 느끼는 지금 이 감정이 실망인가. 조금은 래포가 형성되었다고 믿은 고은지가 나쁜 짓을 하고, 거짓말을 해서 속이 상하고, 배신감이 들고, 화가 나는 감정이 실망인가.

"괜찮아요. 쌤들은 원래 저 싫어해요. 쌤도 저 싫어하세요."

"네가 내 학생인데 내가 어떻게 널 싫어하니?"

고은지가 울음을 터뜨린다. 울고 싶은 건 나다. 임무 완수는 멀어져가고, 나도 모르게 실망감 따위를 느껴서 속내를 비추고 말았다. 하지만 나는 울지 못한다. 눈물도 마르고, 우는 법도 잊어버렸다. 공작이나 작전 중 필요한 순간에만 눈물을 흘리고 울음을 터뜨리도록 훈련받았다.

"하루 세 끼 꼬박꼬박 먹는데 돈이 왜 필요하니?"

항상 준비. 냉정을 찾고 고은지에 대해 알아본다.

"밥만 먹고 어떻게 살아요?"

"밥만 먹으면 되지 뭘 더 먹어야 하니? 옷과 집이 있는데 뭐가 더 부족하니?"

"새 옷도 사고 화장품도 사고 가방도 사고 머리도 해야 되잖아요. 용돈으로는 어림도 없어요."

"용돈으로 살 수 있는 만큼만 사."

"싫어요. 행복하게 보이고 싶어요. 잘살게 보여야 돼요. 그래야 아이들한테 무시당하지 않아요."

고은지의 말이 이해되지 않는다. 우리 조선에는 하루 종일 감자 반 조각, 멀건 옥수수죽만 먹고 일하는 아이들이 있다. 허약, 영양실조에 걸려도 수액 한 번 못 맞는 아이들이 있다.

"고은지, 이 세상에 굶는 아이들이 얼마나 많은데? 너 정도면 충분히 풍족하고 행복한 거야."

"흙수저가 뭐가 풍족해요? 먼 나라 이야기가 뭔 소용이에요? 내 주변이 다 잘사는데……."

먼 나라. 그리 먼 나라도 아닌데……

"SNS 한번 보세요. 다들 얼마나 잘사는지 얼마나 행복하게 사는지……."

나는 할 말을 잃는다. 고은지에게 반성문을 쓰게 하고 상담실을 나온다.

우리 조선은 분명 계급 사회이다. 조상의 토대에 따라 계급이 정해진다. 아주아주 특별한 경우가 아니면 계급 상승은 불가능한 일이다. 그래서 우리 조선 아이들은 처음부터 포기할 건 포기한다. 하지만 남한은 다르다고 들었다. 공부만 잘하면 원하는 대학에 갈 수 있고, 원하는 직업을 가질 수 있고, 군인도 간부도 될 수 있다고 했다. 인터넷에서 '흙수저'를 검색한다. 수저 계급론이 있다. 남한은 부모의 자산 여부에 따라 계급이 나뉜다. 자본주의가 결국 계급을 나누고, 아이들을 박탈감에 찌들게 하고, 고은지처럼 SNS에서 가짜 인생을 사는 가짜 인간을 만들어낸다.

사회에 돈이 넘쳐나서 병드는 아이들. 사회에 돈이 없어서 병드는 아이들. 둘 다 희망은 없다. 모두 불행하다. 머릿속에 물음표가 떠오른다. 나는…… 안 돼. 생각을 멈춘다. 나도 모르게 자본주의에 스며들어 사상도 정신도 병들어가게 둘 순 없다. 정신을 차린다. 항상 준비.

빨간 팬티

"축하해요."

출근해서 자리에 앉자 강석주가 말한다.

"월급날이잖아요."

"한 달도 안 됐는데요?"

"그래도 한 달 치 월급은 나와요. 나이스 확인해보세요."

강석주가 나이스에서 월급명세서 보는 법을 알려준다. 난생처음 보는 월급명세서, 난생처음 받는 월급이다.

"어때요? 기분이?"

좋은 기분도 나쁜 기분도 들지 않는다. 그저 적다고 느낀다. 종일 알바비와 비슷하다. 북에서도 남에서도 장사를 해야 큰돈을 벌 수 있는 모양이다.

"액수가 너무 적네요."

"교사는 돈 보고 하는 직업이 아닙니다. 사명감으로 일해야죠."

강석주는 사명감이 투철해서 고은지의 나쁜 버르장머리 하나 못 고치고 절절매고 산 모양이다. 친구만 괴롭히지 않으면 다른 교칙

위반은 다 눈감아줄게 하면서.

고은지는 등짝을 맞고 난 다음 날, 이민경에게 사과하고 돈을 갚았다. 이민경의 고통을 생각한다면 사과로 어림없다. 나는 우리 조선식으로 고은지에게 벌을 주었다. 공개 재판. 고은지 할아버지와 통화가 안 돼서 가정통신문을 보내 회신서를 받은 다음, 7반 아이들에게 판사, 검사, 변호사 역할을 주고, 고은지를 학급 재판에 회부했다. 고은지는 공개 사과를 하고, 이민경이 청소 당번인 날 대신 청소 당번이 되라는 판결을 받았다. 우리 조선이라면 더 센 벌을 받았을 텐데 남한 사회가 가해자의 인권도 중요시하고 형벌이 약해서인지 아이들도 관대했다. 공개 사과 원고는 내 마음에 들 때까지 쓰게 했다. 고은지는 우리 조선에서 쓰는 반성문 수준의 원고를 쓰고 공개 사과를 했다.

맞은편에 앉은 수업계, 성적처리계 선생 둘이 첫 월급을 탔으니 신고식을 하라고 한다. 떡이나 요구르트를 돌리라고 한다. 60명이 넘는 전교직원에게. 월급은 이것저것 다 떼어가고 180만 원이 조금 넘는다. 나는 반사적으로 강석주를 바라본다. 문제가 생기면 강석주를 보는 일이 습관이 되었다.

"쌤들, 요즈음 신규 사정을 너무 모르신다. 학자금 대출 갚고, 월세 내고, 옷도 한 벌 더 사야죠. 가족 선물도 챙겨야죠. 첫 월급은 남는 게 없어요. 오히려 부모님한테 용돈 타 써야 돼요."

강석주가 대신 답한다.

"신고식은 학자금 대출 갚고 월급이 좀 오르면 하겠습니다."

나는 미안한 표정을 짓는다. 대출인지 뭔지 갚고 월급이 오를 때면 이 학교에 없을 테고, 저 아주머니들을 볼 일도 없을 테다.

내 의도와 다르게 강석주와 점심을 같이 먹는 짝이 되었다. 급식지도를 하고 내려오는 시간이 같기 때문이다. 대부분 담임교사는 4교시에 식사를 한다. 강석주와 나, 목소리를 내지 않는 몇몇 담임만 4교시에 수업이 있기 때문에 이 시간에 식사를 한다. 강석주와 내가 자리를 잡으면 다른 선생들은 우리 테이블로 오지 않는다. 그 속내를 알기 때문에 나는 몹시 불편해진다. 밥만 먹고 가려 하지만 강석주는 말이 많다.

"부모님 속옷 사셔야겠네요. 빨간 내복으로."

빨간 내복을 입든, 파란 내복을 입든……. 이 변태는 남의 부모 속옷까지 신경 쓴다.

"가족들이 멀리 있어서 고향에 갈 때 삽니다. 그리고 색깔은 제가 알아서 정합니다."

"원래 첫 월급 타면 빨간 내복 선물하잖아요."

"우리 부모님은 빨간 내복 안 좋아하십니다."

나는 밥술을 입에 가득 넣는다. 교사는 급식비를 떼 가기 때문에 나는 점심시간에 최대한 밥과 반찬을 많이 먹으려고 한다.

"임 선생님 가족들은 어디 계신데요?"

"멀리 있습니다."

"어디, 시골이에요? 부산 대구 광주 같은 데요?"

이상하다. 부산 대구 광주는 도시라고 배웠는데 시골인가.

"더 멀리 있습니다."

나는 닭볶음 큰 조각을 입에 넣고 우걱우걱 씹는다. 점심식사도 전투처럼 임한다.

"외로우시겠다."

"사람은 누구나 외로운 법입니다."

나는 외로움이라는 감정을 잃어버렸다.

"그래도 혼자 있으면 쓸쓸한 감정이 가슴에 사무치지 않아요?"

"5교시 없습니까? 밥 좀 먹읍시다."

꼭 내가 음성을 높여야 강석주는 입을 처닫는다. 나도 강석주에게 고마운 점이 많아서 친절하게 대하려고 하는데 강석주가 매번 내 태도를 망친다.

"네……."

강석주가 시무룩해한다. 며칠에 한 번씩은 과일이 나온다. 남방 과일이다. 바나나도 파인애플도 오렌지도 진짜 맛있다. 이 세상의 맛이 아니다. 아쉬운 점은 개수가 두 개로 정해져 있다. 오늘은 내가 제일 좋아하는 오렌지가 나왔다. 강석주는 과일을 싫어한다며 매번 내게 준다. 오늘도 강석주에게 오렌지를 받았기 때문에 나는 강석주의 기분을 좀 풀어준다.

"제 시간표가 거지 같아서 4, 5교시 붙은 날이 많습니다. 밥을 천천히 먹으면 양치할 시간도 없습니다."

오렌지를 베어 물며 집을 떠나 부대에 처음 갔을 때를 떠올려본다. 종일 바쁜 하루를 보내고 침상에 누웠을 때 코끝에 감도는 공기가 낯설어서 눈물을 흘렸다. 한동안 그랬다. 하지만 이제 눈물은 없다. 눈물을 고체로 만들어 가슴속에 묻었다. 가슴 한구석에 눈물 결정이 박혀 있어서 고향을 떠올릴 때 쑤실 때는 있어도 외롭지는 않다.

"강 선생님은 가족이 곁에 있어서 외롭지 않습니까?"

김소월의 시를 떠올린다. '산에 산에 피는 꽃은 저만치 혼자서 피어 있네' 사람은 저만치 혼자서 피는 꽃이다. 외로울 수밖에 없다. 곁에 사람이 있든 없든.

"저도 없는데……."

그래, 강석주도 외로움을 느낄 인간은 아닌 듯하다.

"저도 가족이 없어요. 혼자 살아요."

외로움이 아니라 가족이 없구나. 강석주가 말끝을 흐린다. 눈꼬리가 처진다. 희미하게 웃다가 입술을 다문다. 평소 모습과는 다르다. 얼뜨기 같지도 또라이 같지도 않다. 지금 강석주의 표정에 떠오르는 감정이 외로움인 모양이다.

처음으로 속옷 매장 앞에서 멈춘다. 평소에는 민망해서 눈길도 주지 않는다. 남한 속옷 가게는 퇴폐 자본주의의 전형이다. 사람 키보다 큰 미제 인형이 속옷만 입고 행인들 앞에서 몸매를 과시한다.

나는 망설이다가 매장으로 들어간다. 남녀가 함께 속옷을 사고 있다. 모양도 색상도 요사스럽다. 우리 조선에서는 상상할 수도 없는 광경이다. 내가 부끄러워 그들을 피해 매장 안쪽으로 간다.

따뜻한 내의를 찾는다. 팔다리 길이가 짧은 봄 내의는 많은데 겨울 내의는 다 들어갔다고 한다. 점원이 창고에서 겨울 내의를 찾아서 가져온다. 얇고 가벼우면서도 안감에 보드라운 털이 촘촘히 박혀 있다. 겨울에도 한데서 일하는 우리 가족에게 꼭 필요한 옷이다. 가격을 묻는다. 내의 한 벌이 쌀 40킬로그램 값이다. 나는 다음에 올게요, 남한 사람처럼 말하고 가게를 나온다.

감사 대접 적립금이 생각난다. 강석주에게 도움을 많이 받아서 감사 대접 적립금은 꼭 쓰게 해주려고 했다. 하지만 학교 밖에서 강석주를 따로 만나 음식을 먹고 싶지는 않다. 강석주의 선물만 사서 감사 적립금을 갚자고 생각한다. 나는 다시 매장으로 들어간다.

남성용 빨간 내의를 찾는다. 봄 내의로 달라고 한다. 봄 내의가 더 얇고 짧으니 겨울 내의보다 쌀 것 같다. 남성용으로 빨간 봄 내의는 안 나온단다. 겨울 내의만 몇 벌 남았단다. 강석주에게 쌀 40킬로그램을 바칠 수는 없다.

"고객님, 선물하시는 분 나이대가 어떻게 되세요?"

"서른 살입니다."

"그 나이대 남자분은 내의를 안 입어요, 고객님."

"그럼, 빨간 팬티로 주십시오."

"삼각이요? 사각이요?"

"섞어서 주십시오."

"사이즈는요?"

"그냥 보통, 적당한 사이즈로 주십시오."

나는 속옷 브랜드가 찍힌 쇼핑백을 들고 매장을 나온다. 강석주 팬티를 들고 집에 가기는 싫다. 신고식도 안 했는데 내일 학교에서 강석주에게만 팬티를 주는 것도 곤란하다. 학교에서 선생들이 강석주와 나를 두고 입방아를 찧어대는 사실을 알고 있다. 하는 수 없이 강석주에게 문자를 보낸다.

아직 학교에 있습니까? 좀 만납시다.

나는 우리 학교 학생의 눈에 띄지 않게 약속 장소를 우리 동네로 정한다. 밤 시간에. 가장 인적이 드문 뒷산으로. 아무에게도 들키지 않기 위해 작전을 짠다.

운동기구 터 지나서 100미터 올라오세요.

혹시 모르니 진짜 아무도 없는 곳을 고른다.
뒷산에서 강석주를 기다린다. 발걸음 소리가 들린다. 나는 숲 안으로 숨는다. 강석주가 맞다. 나는 숲에서 나온다.
"으악!"
강석주가 소리를 지른다.
"조용히 하십시오."
"산짐승인 줄 알았잖아요."
"동네 뒷산에 산짐승이 어디 있습니까?"
있었으면 내가 진즉에 때려잡아서 몰래 팔아먹었을 테다. 밀수는 우리 조선 인민이 부자가 되는 지름길이다. 나는 강석주에게 쇼핑백을 건넨다.
"받으십시오. 감사 대접 적립금입니다. 이제 우리 사이에 일 없는 겁니다."

나는 쇼핑백을 안기고 빠른 걸음으로 산을 내려온다.

"무서워요. 같이 가요."

"아는 척하지 마십시오."

산을 내려가다가 운동기구 터에서 멈춘다. 운동기구 터에서 산 초입까지는 밤 운동을 하는 사람이 조금 있다. 위험하지는 않다. 강석주 얼뜨기 다리도 길면서 느려 터졌다. 100미터를 5분 지나서야 내려온다. 나는 강석주가 무사한 모습을 확인하고, 한겨울 먹이를 찾아 혁명의 선산을 달리는 호랑이처럼 빠르게 산을 내려간다.

양대산맥

1층 복도에서 누군가 내 팔을 잡는다. 반사적으로 상대의 팔모 가지를 비틀려다가 멈춘다. 차세웅이다.

"쌤, 우리 은지 좀 살려주세요."

차세웅이 나를 잡아끈다. 7반 교실 앞에 아이들이 모여 있다. 교실 문 앞마다 '타반 출입 금지'라는 안내문이 붙어 있지만 학생들은 무시한다. 다만, 7반 교실에는 잘 들어오지 않는다. 나는 별짓도 하지 않았지만 나도 모르는 사이 임해주한테 걸리면 좆된다, 라는 소문이 났다. 어쨌든 편하게 되었다. 우리 조선 학교에서는 잘못한 학생은 무조건 매로 다스린다. 손으로 때리다가 손이 아프면 몽둥이로 때린다. 몽둥이가 부러질 때까지 때린다. 몽둥이가 부러지면 다음 날 학생이 잘못했다며 몽둥이를 사온다. 하지만 여기서는 학생이 선생을 무서워하지 않으니 이상한 소문이 나서 학생 스스로 내게 조심해주면 다행이다.

물론 예외도 있다. 고은지 패거리, 이현준 패거리. 2학년 양대산맥이다. 남한 남자는 우리 조선 남자와 달리 바깥일도 하고 집안일도 해서 나쁘지 않다고 생각했다. 그런데 우리 조선 남자보다 더 심한 문제가 있었다. 남한 남자는 집밖에서 여자와 붙어서 싸운다. 서로 욕하고, 때리고, 고자질한다. 양성이 대단히 평등한 사회이다.

남학생에게 무거운 박스를 갖다 놔달라고 부탁을 했는데 왜 남자만 시키느냐고 항의를 받은 적이 있다.

"남학생이 힘이 더 세잖아."

그날 학부모에게 전화를 받았다. 양성평등 교육을 하라고. 남한 교육을 잘 모르겠다. 어디까지가 양성평등이고 어디까지가 협력과 배려인지.

나는 모여 있는 아이들을 헤치고 교실로 들어간다. 고은지와 이현준이 교실 뒤쪽에서 치고받고 있다. 강석주가 교실로 들어와 둘을 말린다. 2차전, 셋이 막상막하이다.

나는 안경을 벗어 교탁 위에 올려놓고 교실 뒤로 간다. 고은지에게 주먹을 날리는 이현준의 팔을 붙잡아서 꺾고 고은지를 차는 다리를 쳐서 넘어뜨린다. 고은지가 이현준에게 날리는 주먹을 손바닥으로 막는다.

"그만해."

"저 새끼가 먼저…… 씨발."

"저게 먼저 때렸어요."

일어서려는 이현준의 머리를 눌러 앉힌다.

"네가 먼저 시작했잖아."

이현준에게 달려드는 고은지를 한 팔로 감싼다. 고은지가 발버둥 친다. 그럴수록 내 팔에는 힘이 더 들어간다.

"고은지 그만."

나는 구경하는 아이들을 한번 둘러본다.

"다들 원위치."

아이들이 우물쭈물하며 흩어지기 시작한다.

"빨리 안 움직여?"

아이들이 신속하게 제자리로 돌아간다. 강석주가 이현준을 데리고 교실을 나간다. 고은지가 내 품을 벗어나 씩씩댄다.

교무실에서 강석주와 이현준이 대화 중이다. 강석주는 화난 얼굴이지만 말투는 조곤조곤하다.

"아무리 네가 철없는 학생이라도 해서는 안 되는 일이 있어."

저 정도로 저 쌍간나새끼가 말을 들어 처먹을까. 역시 이현준은 강석주 말은 안중에도 없는 듯 고은지가 먼저 자기를 기분 나쁘게 했다는 말만 계속 한다. 강석주는 자제력을 잃지 않는다.

"넌 오늘 인간으로서, 남자로서 지켜야 할 가장 기본적인 선을 넘었고……."

'남자'라는 단어는 위험하다. 양성 평등 교육에 어긋난다.

"그에 합당한 벌을 받게 될 거야."

합당한 벌. 반성문 몇 장에 교내 봉사, 기껏 청소하기. 이현준은 고은지가 교복을 벗고 사복으로 갈아입는 모습을 핸드폰으로 몰래 찍어서 아이들에게 유포했다. 고은지가 받은 상처와 모욕, 수치가 5일 청소에 씻길까?

"우리 관계가 교사와 학생인 걸 다행으로 생각해. 네가 내 자식이었다면 나는 오늘 매를 들었을 거야."

글쎄, 과연 이현준 부모가 이번 일로 이현준에게 매를 들까.

나는 이현준을 쫓아나간다.

"쌍양아치 새끼!"

복도에 있던 차세웅이 이현준에게 달려든다. 나는 팔을 뻗어 손바닥으로 차세웅의 얼굴을 막고 이현준 앞을 가로막는다. 이현준이 나를 피해 옆으로 옮긴다. 나는 또 이현준의 앞을 가로막는다. 이현준이 나를 쳐다본다. 나는 팔짱을 끼고 이현준을 노려본다.

"아, 왜요?"

나는 대답하지 않는다. 노려보다가 한 발 앞으로 간다. 이현준은 뒷걸음질 친다. 다시 한 발 앞으로 간다. 이현준은 다시 뒷걸음질 친다. 나는 다시 한 발 앞으로 내밀어 이현준을 막다른 벽으로 몰아넣는다.

"조심해."

"네?"

나는 팔짱을 풀고 손목을 돌리며 공화국 혁명 전사의 흉터투성이 손등과 굳은살 박힌 손바닥을 과시한다. 그리고 천천히 또박또박 말한다.

"조, 심, 하, 라, 고."

이현준이 침을 삼킨다.

상담실, 긴 소파에 앉아 고은지가 울고 있다. 잘못을 해놓고도 바락바락 대들던 고은지의 모습이 떠오른다. 문을 열고 상담실로 들어간다. 고은지는 나를 보고 눈물을 훔친다. 나는 고은지의 옆에 앉는다. 네가 아무리 센 척해도 내 앞에서는 애야, 라고 말하는 대신에 고은지의 등을 살짝 두드려준다. 고은지의 눈이 다시금 젖어 들더니 눈물을 쏟는다. 고은지는 울음을 터뜨린다. 내 가슴에 머리를 묻고 통곡한다. 나는 고은지를 안고 가만히 있는다. 내 셔츠 가슴팍이 고은지의 눈물로 젖는다. 가슴이 축축하고 기분이 이상해져 고은지를 밀어내려는 찰나 고은지는 고개를 들고 말한다.

"씨발 새끼, 가만 안 둘 거예요."

그래, 고은지는 고은지이다. 오히려 내가 정신이 번쩍 든다.

교감이 또 신경질을 낸다. 사람 옷보다 비싼 옷을 입고, 비싼 치장을 한 남한 개 새끼가 짖는 것 같다.

"고은지는 하필 왜 방과 후에 혼자 남아서 옷을 갈아입은 거예요?"

"은지가 옷을 갈아입은 게 문제가 아니라 현준이가 동영상을 찍은 게 잘못입니다, 교감 선생님."

"물론 이현준이 잘못했죠. 하지만 고은지도 원인을 제공했죠."

"교감 선생님 그렇게 말씀하시면 2차 가해입니다. 여학생이 혼자 옷을 갈아입는다고 해서 모든 남학생이 동영상을 찍지는 않습니다."

나는 양성 평등 교육 연수에서 배운 대로 말한다.

"동영상을 찍고 유포한 이현준은 가해자이고, 이 건은 성폭력 사안입니다. 반드시 학폭위를 열어서 징계해야 합니다."

교감이 당황했는지 대꾸하지 않는다.

"물론. 이현준뿐만 아니라 동영상을 본 아이들도 징계를 받아야 합니다."

"그러면 일이 너무 커지는데……"

"은지가 받은 상처와 피해가 더 큽니다. 교감 선생님. 아, 그리고 고은지 아버지와 통화했는데 학폭위를 안 열면 경찰에 고발하시겠답니다."

거짓말이다. 교감에게는 효과가 있다. 교감은 바싹 마른 나뭇잎을 씹은 표정으로 생각해보자고 한다.

눈에는 눈, 이에는 이

오늘 오후에 학폭위를 열기로 했다. 고은지 할아버지는 연락이 안 된다. 집과 핸드폰으로 연락을 했는데 모두 잘못된 번호이다. 고은지가 학교와 할아버지의 연락을 차단하기 위해서 처음부터 엉터리 번호를 제출한 모양이다. 지난번 가정통신문 회신서도 고은지 할아버지가 직접 쓰신 건지 의심스럽지만 넘어간다.

교감이 강석주와 나를 부른다. 학교 밖에서 차세웅이 이현준을 폭행했고, 이현준 어머니가 현준이도 피해자라면서 차세웅을 가해자로 학폭위를 열어달라고 했단다. 가해자가 은근슬쩍 피해자가 되려는 심산이다. 내가 입을 떼려 하자 교감이 먼저 입을 연다.

"7반이 문제야. 임해주 선생님, 계속 초짜 티 낼 거예요? 애들 지도 좀 똑바로 하세요. 아직 4월인데 왜 매번 그 반에서만 학폭위가 열려?"

교감이 강석주는 두고 내게만 짖는다. 보복이다.

"우리 반 현준이 때문입니다. 죄송합니다. 교감 선생님."

강석주가 먼저 교감에게 머리를 숙인다. 나도 가해자의 담임이 되었으니 약자가 되어 비굴해진다.

"죄송합니다. 제 불찰입니다."

그런데 여기서 물러나면 공화국 혁명 전사가 아니다.

"죄송한 일이 또 있습니다. 교감 선생님. 아동·청소년의 성보호에 관한 법에 성폭력 사안은 인지 즉시 수사기관에 신고하라고 되어 있는데 제가 초짜라서, 잘 몰라서 인지 1일 후에 신고했습니다. 죄송합니다. 그래도 은폐하지는 않았으니 교장 선생님이 해임되시거나 우리 학교가 벌금을 낼 일은 없겠죠?"

"임해주 선생님!"

교감의 소리에 온 교무실의 이목이 집중된다.

"죄송합니다. 다음부터는 꼭 인지 즉시 신고하겠습니다."

강석주가 피식댄다. 나와 강석주는 다시 한번 죄송합니다, 라며 고개를 숙이고 자리로 돌아온다.

이현준 어머니와 이현준, 차세웅 어머니와 차세웅이 차례로 교무실로 들어온다. 학폭위를 시작하기도 전에 이현준 어머니와 차세웅 어머니가 교무실 중앙, 내 자리 바로 뒤에 있는 테이블에서 싸운다.

"자식 좀 똑바로 키워요."

"적반하장도 유분수지. 누가 누구더러 자식을 똑바로 키우래?"

"지금 그쪽 아들이 우리 애를 때렸잖아요."

"우리 아들이 더 많이 맞았거든요. 깡패야 뭐야?"

강석주와 교감이 말리지만 두 어머니의 음성은 줄어들지 않는다. 은지가 교무실로 들어선다. 순식간에 일이 일어난다.

"또 네가 문제야."

이현준 어머니가 고은지의 뺨을 때린다. 팔이 한 번 더 올라가는 순간, 나는 이현준 어머니의 팔을 잡고 비튼다. 반사적인지 고의적인지 나도 내 마음을 모르겠다. 뭐든, 한여름 땡볕에서 훈련하다가 소나기를 맞은 것처럼 속이 후련하다. 이현준 어머니가 비명을 지른다.

"죄송합니다. 제가 호신술을 배워서 저도 모르게…… 죄송합니다, 어머님."

나는 고개를 숙이고 사과한다. 이현준이 자기 엄마 귀에 대고 속삭인다. 미친년 건드리면 좋된다, 뭐 이런 말이었을까. 이현준 어머니가 화를 참고 자리에 앉는다.

학부모와 학생, 담임은 교무실에서 대기하다가 순서가 되면 회의실로 들어간다. 가해자와 피해자는 분리하여 대기한다. 교감이 먼저 회의실로 가고, 제복 입은 경찰이 교무실로 들어온다. 나는 경찰을 피해 고은지를 데리고 밖으로 나가는데 경찰이 나를 부른다. 임해주 선생님, 정확하게 내 이름을. 나는 경찰 쪽으로 돌아본다.

"임 선생님은 처음 뵙죠?"

강석주가 나서서 소개를 해주려는데 경찰이 먼저 입을 연다.

"학교 전담 경찰관, 한인철 경사입니다."

"절 어떻게 아시죠?"

"피해자 고은지, 가해자 차세웅 담임선생님이시잖아요. 학교 전담 경찰관이라면 이 정도야 기본이죠."

한인철 경사가 입꼬리를 올리며 웃는다. 기분 나쁜 웃음이다. 음성과 표정이 낯설지 않다.

"한 형사님, 회의 시작했습니다. 어서 가시죠."

강석주가 시계를 보며 한 형사를 회의실로 데리고 간다.

강석주가 은지를 데리고 교무실을 나간다. 차세웅이 보라며 내게 눈짓과 고갯짓을 한다.

"뭐?"

"강석주 쌤은 은지만 좋아해요."

"넌 가해자야. 반성하고 있어."

창밖으로 강석주와 고은지가 보인다. 두 사람은 화단 벤치에 앉아 대화를 한다. 나는 창가로 가서 두 사람의 대화를 엿듣는다.

"할아버지한테 말씀 안 드렸지? 담임선생님께서 학폭위 때문에 집이랑 할아버지 핸드폰으로 연락했는데 통화가 안 된다고 하시더라."

고은지는 대답하지 않는다.

"선생님은 할머니랑만 살았어."

"왜요?"

"어머니와 아버지가 일찍 헤어지고 각자 재혼하셨거든. 두 분 다 나를 원하지 않으셨어. 한동안은 내 상처와 분노를 분출하기 위해서 되는대로 막 살았거든. 그런데 생각해보니 내 잘못이 아니잖아. 부모님의 잘못도 아니야. 각자 행복하게 살기 위해서 최선을 선택한 거야. 내가 막 살면 나만 손해야. 막 살 이유가 없어. 부모님은 부모님이고 나는 나야. 소중한 내 인생을 부모님 때문에 망칠 수 없어서 마음을 다잡았지. 나도 행복하기 위해 최선을 다하기로 했어."

"그러니까 저도 막 살지 말고 정신 차리라고요?"

"아니."

"그럼요?"

"은지는 지금 잘 살고 있다고."

잘 살기는 개풀. 그래도 은지를 생각하는 강석주의 진심이 보인다. 강석주는 좋은 교사이다. 차세웅이 내 옆으로 온다.

"저거 보세요."

차세웅이 또 헛소리를 한다. 강석주가 은지를 좋아한다고. 강석주가 누구를 좋아하는지 알면 깜짝 놀랄 텐데……. 말해줄 수도 없고. 차세웅을 한 대 쥐어박으려다가 주먹만 쥔다.

"석주 쌤이 1학년 때부터 은지한테만 신경을 많이 썼어요. 지금은 담임도 아닌데 은지하고 단둘이 이야기할 때가 많아요. 은지 주변을 자꾸 맴돈다고요."

나도 좋은 교사가 되어보기로 한다.

"모든 선생님은 학생을 좋아해."

"남자 선생님이잖아요."

"선생님이 학생을 좋아하는데 남자, 여자가 어디 있니?"

"그럼 쌤도 저 좋아해요?"

좋은 교사가 되기에는 나는 너무 똑똑하다. 이 아이들을 좋아하려면 강석주처럼 나사가 하나 빠져 있어야 된다.

"아니. 나는 다 싫어해."

이현준 어머니가 진술을 끝내고 교무실 중앙 탁자 앞에 앉아 있는 은지에게 다가온다.

"너 또 한번 우리 현준이랑 엮여봐. 그때는 내가 진짜 가만 안 있을 거야."

은지가 고개를 쳐든다. 나는 은지의 어깨를 잡는다.

"이래서 가정교육이 중요해. 부모도 없이 뭘 보고 컸겠어?"

나는 자리에서 일어나 현준 어머니를 내려다본다.

"그럼, 현준이는 본 게 많아서 여학생 몰카를 찍습니까?"

"고은지. 차세웅 담임이라면서요? 우리 현준이 건들지 않게 아이들 지도나 잘 하세요."

"건들만 하니 건든 겁니다."

"뭐라고요?"

말귀가 먼 건 유전인가 보다. 나는 천천히 또박또박 다시 말하기 위해 팔짱을 낀다. 이번에는 강석주가 일어나서 내 어깨를 잡는다.

"어머님, 경찰 조사 받으려면 또 힘 빼셔야 하는데 그만 가시죠."

강석주가 이현준 어머니를 데리고 나간다.

"선생님도 그러시는 거 아니에요. 담임이 자기 반 애를 감싸야지."

이현준 어머니가 나가다가 걸음을 멈춘다.

"뭐, 받아먹은 거 아니에요?"

저딴 개소리를 듣고도 강석주는 웃는다. 얼뜨기는 역시 얼뜨기. 남한 최고 대학을 나오고, 아무리 유능하고 좋은 교사라도 하루에 한 번. 어디선가는 얼이 새는 법이다.

학폭위 심의 결과를 기다리느라 나도 강석주와 같이 늦게 퇴근한다. 차세웅도 징계를 받았다. 난 솔직히 이 징계를 이해할 수가 없다.

"전 차세웅을 이해합니다. 이현준은 맞아도 쌉니다. 자기가 좋아하는 여자친구를 모욕했는데 어떻게 참습니까? 내 여자친구가 그런 일을 겪었다면 나는 그 새끼를 쥐도 새도 모르게 죽였습니다."

너무 전투원처럼 말했나. 나는 잠시 후회한다. 내 속내를 비추어서는 안 되는데 요즈음 실수를 한다.

"대한민국에서 어떠한 이유로도 폭력은 정당화될 수 없어요. 우리는 교사이고, 아이들에게 그 사실을 가르쳐야 돼요. 그래서 세웅이도 징계를 받아야 하고요."

꼰대. 강석주가 못마땅하다. 하지만 속내를 숨기고 반박하지 않는다.

"물론 저도. 세웅이가 현준이 거시기를 찬 건 속이 시원해요."

강석주가 맞는 말을 한다. 나도 모르게 허, 하고 웃음이 터져 나온다. 강석주가 나를 빤히 본다. 나는 이 시선에 아직도 익숙하지 않다.

"뭘 봅니까?"

"웃으시니 더 예뻐요."

할 말이 떠오르지 않는다. 우리 조선에 있었다면 오금을 깠을 텐데…….

"얼굴이 붉어지셨네요."

"노을 때문이잖아요."

나는 걸음을 뗀다.

"난 너를 사랑해 이 세상은 너뿐이야. 소리쳐 부르지만 저 대답 없는 노을만 붉게 타는데……."*

142

싸이코 또라이 변태 새끼. 길에서 노래를 부른다.

"같이 가요. 저녁 먹어야죠."

내가 너랑 밥을 처먹으면 우리 공화국 혁명 전사가 아니다. 나는 얼굴이 화끈거릴 정도로 전력을 다해 자리를 뜬다.

종례를 끝내고 외출을 한다. 경찰서에 진술하러 가야 한다. 이현준 부모가 나를 체벌 교사라고 민원을 넣고 폭행으로 고발했다. 강석주가 동행해주겠다고 한다. 아주 잠깐 강석주를 데리고 갈까 생각했지만 거절한다. 내 일이다.

경찰서 문이 보인다. 폭행 혐의로 경찰서에 오다니 나는 공화국의 수치이다. 남한에 와서 잘한 일은 없고, 잘못한 일만 쌓여간다.

학교 담당 경찰관, 한인철 경사가 내 담당이다. 나는 한 경사와 마주 앉는다. 마주 앉았지만 내 자리는 몹시 불편하다.

"선생님이 고은지와 이현준의 싸움을 말릴 때 일방적으로 고은지 편을 들면서 이현준에게 폭력을 행사했다고 고발했네요."

"싸움을 진압하는 과정에서 끼어든 사실은 있지만……. 그 정도도 폭행이라고 한다면 벌을 받겠습니다."

"선생님 보니 운동 좀 한 것 같은데……."

한 경사가 입꼬리를 올리고 기분 나쁘게 웃는다. 낯익은 웃음이다.

"우리 만난 적 있지요?"

* 이영훈 작사·작곡 〈붉은 노을〉.

한 경사가 입꼬리를 내리고 답한다.

"학교에서……."

"그전에……."

한 경사가 존대를 하지 않으니 나도 존대를 하지 않는다.

"제 얼굴이 워낙 평범해서……."

나는 한 경사를 알아본다. 그날 밤 그놈이다. 내 어깨에 총질한 놈.

"경사님 보니 거짓말 좀 한 것 같은데……."

"제가 사람을 참 잘 봐요. 우리 선생님 역시 세. 경찰서 와서도 쫄지를 않으시네. 오늘은 가시고. 다음에 또 봅시다. 임해주 선생님."

"그럴 일은 없을 듯합니다. 한인철 경사님."

"참, 어디 아픈 데는 없으시죠?"

"덕분에."

나는 한 경사에게 입꼬리를 올리고 웃어준다. 아주 기분 나쁘게. 목만 까딱하고 돌아선다.

학교로 돌아오자 교감이 퇴근도 하지 않고 나를 기다리고 있다.

"임해주 선생님. 우리 일 크게 만들지 말아요."

오늘은 처음으로 나를 달랜다.

"선생님이 현준이 부모님을 좀 달래드리면 어떨까요?"

"경찰서에서 사실 그대로 진술했습니다. 제게 잘못이 있으면 벌을 받겠습니다."

교감이 한숨을 쉰다. 이제 본모습이 나오려나.

"제가 회의 때마다 민원 발생하지 않게 하라고 그렇게 신신당부했는데 민원은 어떻게 할 거예요? 취하하게 해야죠."

"그 민원은 사실이 아닙니다."

남한 학교 교육의 제일 목적은 민원 발생을 예방하는 것이다. 민원 발생 금지. 회의 때마다 연수 때마다 듣고, 메신저로도 자주 읽는다. 왜 남한 관리자들은 착하고 예의 바른 학생으로 교육하라는 당부는 하지 않을까.

내 자리로 돌아온다. 퇴근시간이 지났지만 오늘 외출 때문에 형성 평가 채점을 하지 못했다. 시험지를 꺼내서 채점한다. 강석주가 옆으로 다가온다.

"우리 교감 선생님이 좀 심하죠. 그래도 선생님 잘못이 없으니 교감 선생님도 더는 뭐라 하지 않으실 거예요."

"잘못이 있습니다."

입을 다물어야 하는데 나는 또 속내를 털어놓고 만다.

"사실 현준이를 체벌하고 싶었습니다. 마음으로 그 아이를 수십 번 체벌했습니다. 제가 떳떳하다고는 말할 수 없습니다."

"선생님, 너무 정직하세요."

정직. 나는 표정 없이 얼뜨기 강석주를, 강석주의 말을 비웃는다. 정직은 내게, 간첩에게 허락된 삶이 아니다.

"은지가 선생님께 드릴 말씀이 있다네요."

강석주가 문을 향해 손짓을 한다. 고은지가 다가온다.

"죄송해요. 저 때문에……"

"너 때문에 겪는 일 아니야."

"그래도……."

"다음부터 다른 아이 때문에 속상한 일이 생겨도 폭력으로 해결하지 마."

강석주가 끼어든다.

"일러. 나한테. 너네 담임쌤은 성격이 좀 그러시니 내가 처리할게."

"고자질은 찌질한데요."

고은지가 강석주보다 낫다. 남한 교육은 찌질하다. 자력갱생하게 해야지 고자질은 무슨.

"고자질 아니고 신고야. 네 권리를 지키기 위한 신고. 간첩은 111, 범죄는 112, 고은지의 문제는 강석주 선생님에게."

간첩은 111이라면서 강석주가 나와 눈을 맞춘다. 순간 가슴에 번개가 친다. 전류가 온몸을 훑고 지나간 듯하다. 경찰서에서 한인철도 멀쩡히 상대했는데 얼뜨기의 입에서 나오는 '간첩'이라는 단어에 긴장한다.

"그죠? 임해주 선생님?"

얼뜨기가 내게 윙크를 한다. 빨간 펜을 꼭 쥐었다가 책상 위로 내던진다. 맞기는 개풀. 나는 얼른 짐을 챙겨 은지를 따라 나선다.

아침 8시 20분. 내가 자리에 앉자마자 강석주의 핸드폰이 울린다. 올 것이 왔다. 황 사장이 보낸 메시지이다. 강석주가 메시지로 온 동영상을 확인하고 교감에게 달려간다.

"이건 폭행으로 볼 수 없어요. 무고입니다. 현준이 부모님은 오히려 무고죄로 고소당해야 합니다."

"교사가 어떻게 학부모를 고소하나요?"

"정식으로 사과라도 받아야죠. 민원도 취하하게 하구요."

"그렇죠."

교감이 웃는다. 교감도 걱정을 덜었을 테다.

눈에는 눈, 이에는 이, 몰카에는 몰카. 그날, 내가 이현준과 고은지의 싸움을 말리던 날, 이현준 부모가 내가 이현준을 폭행했다고 주장한 날, 내 안경에는 카메라가 장착돼 있었다. 나는 안경 카메라를 교탁 위에 올려놓고 싸움을 진압하는 과정을 촬영했다. 나는 시력이 아주 좋지만 혹시 몰라 학교에 잠입하기 전에 안경과 녹음펜 등을 준비했다. 공작을 위해서였는데 남한 학생과 학부모로부터 나를 보호하는 수단이 되어버렸다.

이현준 어머니가 테이블 맞은편에 앉아서 주뼛거린다. 작년에 이현준이 가해자로 지목되었는데도 학생 교육 잘하라며 교무실에서 큰 소리를 쳤다고 들었다.

"어머님, 임해주 선생님께서 경찰서까지 다녀오셨습니다."

강석주의 말에 이현준 어머니가 두 입술을 입안으로 말아 넣었다가 뗀다.

"죄송합니다."

이현준 어머니가 마지못해 사과를 한다.

"사과는 우리 은지에게 해주시죠. 저 역시 몹시 불쾌하지만 오해를 하셨다니 참겠습니다. 하지만 지난번에 은지의 뺨을 때린 행동은 명백히 폭행입니다."

이현준 어머니가 한숨을 내뱉고 입을 연다.

"미안했다."

은지는 잠자코 있다. 나는 은지에게 마음이 좀 풀어졌느냐고 묻는다. 은지는 고개만 끄덕인다. 이현준 어머니가 볼일을 끝낸 표정으로 자리에서 일어나려는 찰나, 나는 이현준 어머니를 말로 붙잡는다.

"폭행 건은 됐고. 현준이를 대신해 고소를 하셨으니 이번에는 현준이를 대신해 우리 은지에게 또 사과해주시죠. 현준이가 한 행동은 명백히 성폭력입니다."

"미안하다."

"자, 이쯤 하시죠. 어머님 입장에서는 아들 말만 믿을 수밖에 없지요."

교감이 말린다. 나도 이현준 어머니와 이야기가 길어지는 건 싫어서 그만할 생각이었다.

"아이들이 자기에게 불리한 이야기는 잘 안 하는 편이에요. 교사를 믿어주세요. 어머님."

강석주가 말한다.

"선생님이라도 제대로 말씀해주셨으면 좋았잖아요."

이현준 어머니가 강석주 탓을 한다. 저 어머니 때문에 이현준은 평생 도덕과 예절과는 거리가 먼 사람으로 자랄 것이다. 나중에는 자기 어머니에게도, 아니 지금도 쌍간나새끼처럼 굴겠지.

"전 어머니께서 죄 없는 선생님을 고발까지 하실 줄은 몰랐죠."

강석주가 부드럽게 뼈를 때린다. 이번 일에 세운 공을 인정하여 나도 강석주 편을 들어준다.

"담임선생님께도 사과하시죠. 지난겨울에 담임선생님이 현준이와 은지를 말리다가 현준이에게 팔을 꺾여서 상해를 입으셨습니다. 물론 현준이가 말하지 않았으니 모르셨겠지요."

"아니. 그런 일이 있었으면 미리 말씀을 하셨어야죠."

나는 눈에 힘을 주어 이현준 어머니를 쳐다본다. 이현준 어머니가 고개를 숙인다.

"죄송합니다."

"괜찮습니다. 다친 게 오히려 맘이 편합니다. 그래야 고소를 안 당하죠."

강석주 오늘은 제법 똑똑해 보인다. 호호호. 교감이 가짜 웃음을 지으며 자리를 마무리한다.

학폭위 심의 결과 이현준은 전학 처분을 받았지만 이현준 측에서 재심을 청구했다. 재심에서도 전학 처분을 받았지만 이현준 측에서는 억울하다며 전학을 거부했다. 학생이 전학을 거부하면 방법이 없다고 한다. 교감은 이현준을 전학 보내면 이현준 같은 전학생을 또 받아야 하니 차라리 잘 아는 이현준을 데리고 있는 게 낫다고 했다. 가해자가 징계를 거부하면 무용지물인데 애당초 학폭위는 왜 했는지 남한 학교의 학교 폭력 처리 방식을 이해할 수 없다. 내가 항의하자 생활지도부에서 이현준을 따로 지도한단다.

이현준은 5일 동안 수업에 들어가지 못하고, 생활지도부실에 딸린 성찰실에서 반성문을 쓴다. 수업에 들어가지 못하는 게 왜 벌인지 오히려 좋은 일이 아닌지. 남한 학교의 징계를 이해할 수 없다. 이현준은 검찰에서도 조사받고 재판을 받는다니 마땅한 벌을 받기를 기대해본다.

나는 생활지도부실 앞을 지나가다가 성찰실로 들어간다. 턱을 괴고 졸고 있던 이현준이 정신을 차리고 펜을 든다. 나는 이현준 맞은편에 앉는다.

"수업 안 들어가니 너무 좋지? 잠도 마음대로 자고……. 반성문, 교내 봉사로는 안 되겠지?"

"선생님은 왜……."

"말을 해. 끝까지."

"아닙니다."

이현준이 고개를 숙인다.

"왜 너한테만 그러냐고?"

이현준이 고개를 들다가 다시 숙인다.

"너만 잘못을 했네."

"그게 아니라 쌤이 저만 싫어하잖아요."

남한 아이들이 지도 받을 때 가장 많이 하는 말이다. 왜 저한테만 그래요? 저만 싫어하잖아요.

"너만 싫어하지 않아. 나는 다 싫어해. 다만, 오늘부터 우리 반 아이들은 싫어하지 않기로 했어. 그러니까 앞으로 내 새끼는 건들지 마라."

나는 자리에서 일어난다. 성찰실을 나가려다가 이현준을 본다.

왜 저한테만 그래요? 저만 싫어하잖아요, 라고 말하는 아이들은 초등학교 때부터 문제를 일으키고 학교에서 핀잔만 들었을 테다.

우리 조선의 선생님은 남한 교사보다 덜 친절하고 덜 다정하다. 아이들을 때리고 뇌물을 받는다. 남한 교사만큼 수업 준비도 덜 하고 자기 연찬도 덜 한다. 학부모에게 절대적 권력을 행사한다. 선생님은 학생에게 가장 무서운 존재이지만 우리 조선의 선생님과 학생은 사이가 아주 가깝다. 좋다라기보다는 가깝다는 표현이 정확하다. 부모와 자식 사이 같다. 학교를 졸업한 지 오랜 시간이 지나서도 설날이 되면 선생님께 세배를 드리러 간다. 물론 입학을 해서 졸업을 할 때까지 담임선생님이 바뀌지 않는 제도도 한몫을 한다.

만약 남한에서 입학해서 졸업할 때까지 담임을 바꾸지 않는다면 남한 교사는 정신병에 걸릴 것이다. 남한 교사는 학생을 지도할 때 해서는 안 되는 것들이 너무 많다. 남한 교사는 대부분의 학부모나 학생에게 만만한 존재이다. 관리자와 교육청도 교사의 편이 아니다. 민원과 고소·고발, 교육청과 관리자와 엮이기 싫어서 정해진 매뉴얼대로만 학생을 지도하는 교사가 많다. 적당히 거리를 두고, 교사와 아이 모두 다치지 않는 선에서 지도를 한다. 많은 교사는 학생을 자식처럼 여기지 않고, 학생도 교사를 부모처럼 따르지 않는다.

우리 조선이었다면 이현준과 그 부모님은 선생님에게 무릎을 꿇고 울면서 잘못을 빌고, 선생님도 무릎을 꿇고 이현준과 그 부모님을 부둥켜안고 울었을 테다. 나는 이현준에게 다가가 어깨를 잡으려다 만다. 남한식으로 거리를 유지한다.

"너도 예쁜 구석이 있겠지. 교사로서 내가 그 점을 발견하지 못해 미안하다. 네가 잘못을 진심으로 뉘우치고 네가 괴롭힌 아이들에게 진정 사과하는 날이 온다면 그때는 나도 너를 싫어하지 않을 것 같구나."

이현준은 반응이 없다. 남한식이다. 나는 이현준의 등을 두 번 두드린다. 마음에 노크를 하듯이.

"그렇다고 좋아하게 될 것 같지는 않고."

임해주식으로 말하고, 성찰실을 나온다.

포섭

　출근하는 발걸음이 가볍다. 지난 일주일 동안 스트레스가 너무 심했다. 훈련받을 때에도 느끼지 못한, 정신적 피로를 느끼고 주말 내내 잠만 잤다. 황 사장은 진짜 선생이라도 된 줄 아냐며 적당히 하라고 했다. 고은지 일이었으니까. 다른 학생 일이었다면 적당히 넘겼을 테다. 나는 임무에 충실한 것뿐이다.

　"안녕하세요."

　고은지의 목소리이다. 나는 뒤를 돌아본다. 은지의 맨얼굴이 눈에 들어온다.

　"이제 쌤 말씀 좀 들어보려고요."

　"이제 우리 좀 가까워졌나?"

　"뭐, 조금요. 이제 사람 같아요?"

　은지가 농담을 한다. 나는 고개를 끄덕인다. 드디어 은지와 래포가 형성되었다.

　"이따 봬요."

　은지가 인사를 하고 달려간다. 종종. 뛰는 모습이 토끼 새끼 같다.

"고은지 포섭에 성공하셨네요."

강석주가 다가온다. '포섭'이라는 단어에 긴장한다.

"담임이 그 반에서 가장 문제를 많이 만드는 학생을 포섭하면 칠십 퍼센트는 성공한 거예요."

"선생님의 조력도 한몫 했습니다. 감사합니다."

"그럼, 저도 좀 도와주실래요?"

"네."

나는 시원스레 대답한다.

"저는 임 선생님이랑 가까워지고 싶은데 어떻게 하면 되죠?"

강석주랑 가까워질 일은 없다.

"임 선생님, 제가 포섭하면 넘어오실래요?"

나는 걸음을 멈추고 강석주를 본다.

"강석주 선생님, 당신은 내가 포섭하면 넘어옵니까?"

강석주는 당황하지만 아무렇지도 않은 듯이 그럼요, 하고 대답한다.

"아니요. 절대 넘어오지 마십시오. 내가 어떤 감언이설로 강 선생님을 포섭해도 넘어오지 마십시오."

나는 또 강석주를 남겨두고 앞장선다.

저 구름 흘러가는 곳

아득한 먼 그곳

음악 시간이다. 아이들이 노래를 한다. 음악실 담벼락에 기대 아이들의 합창 소리를 듣는다.

하늘을 올려다본다. 파란 하늘. 하얀 구름. 구름이 흘러가는 곳. 내 고향 하늘을 떠올린다. 어머니의 노랫소리가 들려온다.

머나먼 북쪽 하늘 아래 그리운 고향
사랑하는 부모 형제 이 몸을 기다려
천리 타향, 낯선 거리 헤매는 발길
한 잔 술에 설움을 타서 마셔도
마음은 고향 하늘을 달려갑니다*

양강도 혜산. 내 고향을 떠올린다. 보천보 전투 기념탑. 허천강과 압록강. 여름 수영. 강 건너에서 손을 흔들던 중국 소년. 우리 가족이 살던 곳. 초록색 지붕이 있는 집. 채송화 제비꽃 봉숭아가 피는 골목길. 발목을 적시던 도랑. 바위틈에서 얼굴을 내미는 가재. 석철이와 동희. 어머니가 있는 곳. 가슴이 축축해진다. 목 안이 뜨겁다. 눈이 시린다.

"공화국 최고 혁명 전사에게 감정은 독이다. 기뻐도 기뻐하지 말고, 노여워도 노여워하지 말고, 슬퍼도 슬퍼하지 말고, 괴로워도 괴로워하지 말라."

정찰총국 작전국 부국장까지 올라간 김정택은 늘 말했다. 나는

* 박정웅 작사·작곡 〈머나먼 고향〉.

훈련 기간 동안 감정을 거세했다. 내게는 감정이 없다. 사랑도 그리
움도 애틋함도 정도. 가족은 내가 책임지고 돌보아야 할 대상일 뿐
이다. 항상 준비! 나는 자세를 바로 하고 자리를 뜬다.

성공과 실패

전화벨이 울린다. 핸드폰은 필요악이다. 몇몇 학생과 학부모는 시도 때도 없이 전화를 한다. 체육복을 학교에 두고 왔는데 어떻게 해요? 과제 제출 하루만 미뤄주시면 안 돼요? 활동지를 학교에 두고 왔어요. 나도 이미 퇴근해서 해결해줄 수 없는 문제이다. 내일 체험학습 가요. 어머님, 체험학습 신청서는 미리 제출해야 하는데요. 선생님, 전화 좀 주세요. 근무시간에 통화하면 안 될까요? 그래도 집으로 찾아오지 않아서 다행이다. 하긴 남한 선생은 과외 수업을 할 수 없으니까. 조선에서는 방과 후에 모자란 학습을 하기 위해서 선생님 댁을 찾아가는 일이 있다. 돈이 많으면 선생님에게 과외를 받고 성적을 올릴 수 있다.

전화는 차세웅이다. 받기 싫다. 벨은 멈추지 않는다. 결국 전화를 받는다.

"쌤, 은지가 강석주 쌤이랑 놀이공원 갔어요. 드림랜드에서 만난대요."

"그게 뭐?"

"은지가 아저씨를 좋아해요. 그동안 어플에서 만난 아저씨랑 형들도 몇 번 만났어요."

"강석주 선생님이랑 고은지는 그런 사이가 아니야."

"그럼 은지 아빠는 왜 소개해줘요? 담임도 아닌데?"

나는 자리에서 벌떡 일어난다. 차세웅이 중요한 정보를 전한다. 은지 아빠는 필리핀에서 사업을 하는데 내일이 은지 생일이라서 드림랜드에서 만난다고 한다.

"알았어. 쌤이 가볼게."

"근데요……."

차세웅이 말을 얼버무린다. 뭔가 잘못을 한 모양이다.

"말해. 하나도 빼지 말고."

"우리 학교 경찰인 한 경사님한테 신고했어요. 강석주 쌤이 수상하다고요. 미성년자랑 일요일에 만난다고요."

이 새끼, 니 대갈빡은 옥수숫가루라도 바꿔 먹었니? 라고, 진심으로 소리를 뻔했다. 나는 전화를 끊고 황 사장을 찾는다.

"고은지 아버지는 알아서 뭐 해? 그냥 고은지를 데려오라는 임무만 완수하면 되잖아."

"정작 필요한 타깃은 은지가 아니라 은지 아버지 아닐까요? 생각해보니 은지를 조선으로 데려갈 이유가 없습니다. 은지를 협상 미끼로 쓰려는 것 같습니다. 은지 어머니가 아버지를 중국에서 만났다고 했습니다. 은지 아버지가 조선 사람일 수도 있습니다. 은지 아버지를 확보하면 굳이 은지를 데려가지 않아도 될 겁니다. 그전에 은지 아버지가 누구인지 알아봐야 합니다."

"너 생각도 감정도 많아진다. 경계해야 돼."

"일을 쉽게 하자는 말입니다."

나는 황 사장에게 자동차 키를 가져 나오라고 채근한다. 황 사장은 고개를 가웃거리면서도 집 안으로 들어간다.

드림랜드에 도착한다. 은지의 폰에 GPS가 있어서 은지를 쉽게 찾는다. 강석주와 한 경사 모두 보이지 않는다. 그들은 상관없다. 강석주가 미성년자 성추행범으로 잡혀가든 말든 내 알 바 아니다. 나는 오늘 고은지 부친의 정체를 확인한다.

은지가 핸드폰으로 통화를 하면서 이동한다. 나는 은지를 몰래 쫓는다. 갑자기 시야가 막힌다.

"임해주 선생님, 여긴 웬일이세요?"

강석주가 내 앞을 가로막고 서서 인사를 한다. 나는 당황하지 않고 사실의 일부를 말한다. 차세웅이 선생님과 은지의 사이를 오해해서 한 경사에게 신고를 했고, 나는 걱정이 되어 왔다고 한다.

"그 녀석 하여튼 엉뚱하기는. 전 선배가 무료 입장권이 있다기에 리모델링한 드림랜드 구경하러 왔어요. 은지가 아빠 만나러 드림랜드 간다기에 나도 마침 그날 드림랜드에서 약속이 있는데 우리 만날 수도 있겠다고 했더니 그럼 은지가 아빠를 소개해주겠다고 했어요. 하지만 은지는 못 만났어요. 이 넓은 데서 어떻게 만나겠어요? 그냥 해본 소리죠."

"어쨌든 한 경사가 왔다니 일이 좀 귀찮아지겠습니다."

"임 선생님이 옆에 계시다가 말씀 좀 잘해주세요."

"선배는요?"

"마침 저기 오네요."

선배라는 여자가 온다. 선배는 갑자기 일이 생겨서 가야 된다. 모처럼 왔는데 미안하다고 말한다. 강석주는 괜찮으니 어서 가시라고 답한다. 선배는 내게 혹시 일행이 있는지 묻는다.

"아니요."

"그럼 우리 석주랑 좀 놀아주세요."

"저는 좀 바쁩니다."

"부탁드립니다."

선배라는 사람은 인사를 하고 급히 자리를 뜬다.

"저도 바빠서 이만."

나는 강석주에게 인사를 하고 은지를 쫓는다. 부친과 접선을 한 듯하다. 은지가 부친과 자리를 옮긴다. 강석주가 따라온다.

"한 경사님 만나면 임 선생님이 말씀 좀 해주셔야죠."

은지와 은지 부친이 동굴 열차를 타기 위해 줄을 선다.

"좋아요. 우리 일단 저거 타죠."

나는 동굴 열차 쪽으로 강석주를 안내한다.

"줄 좀 서주십시오. 전 화장실 좀 다녀오겠습니다."

나는 화장실에 들어갔다가 바로 나와서 강석주의 선배 앞에 선다.

"바쁘시다는 분이 왜 아직 안 가셨습니까?"

"잠시 볼일이 있어서요."

"그 볼일이 저를 쫓으시는 것 같은데 제 착각인가요?"

선배는 겸연쩍게 웃는다.

"아이, 들켰네. 우리 석주가 좋아하는 사람이 어떤 사람인지 궁금해서 잠시 봤습니다."

"우리 석주, 라고 하시는 분은 정확히 누구십니까?"

선배가 명함을 건넨다.

"염지선이에요. 석주와 같은 직장에서 근무했습니다."

나는 명함을 보지도 않고 묻는다.

"그런데요?"

"석주를 친동생처럼 아껴서……. 불쾌하셨다면 죄송합니다."

"강석주 선생님과 전, 강석주 선생님을 친동생처럼 아끼시는, 옛 직장 선배가 궁금해할 만한 사이가 아닙니다. 같은 학교에서 일하는 동료일 뿐입니다. 볼일 끝나셨으니 안녕히 가십시오."

강석주 선배가 미안하다고 거듭 사과하며 자리를 뜬다. 나는 주변을 살핀다. 한 경사의 모습이 포착된다. 나는 풍선 파는 삐에로에게 다가가 풍선을 한 묶음 사서 강석주에게 간다. 강석주가 풍선을 향해 손을 내민다. 나는 풍선을 꼭 쥔다.

"저 주려고 사신 거 아니에요?"

"제 겁니다."

"네……."

강석주의 표정에서 실망이라는 감정을 읽는다. 풍선 하나를 강석주에게 건네고 동굴 열차를 기다린다.

열차가 들어온다. 은지와 은지 부친이 열차 앞 칸에 탄다. 나는 풍선을 든 채, 강석주와 뒤 칸에 탄다. 우리 뒤로 한 경사가 열차에

탑승한다. 나는 풍선을 등 뒤에 놓고 한 경사의 시야를 가린다. 열차가 움직인다. 나는 강석주의 손을 잡는다. 강석주가 놀란 얼굴로 나를 쳐다본다. 나는 강석주의 손을 내 등 뒤로 끌고 와서 풍선 다발을 쥐여준다.

"선물입니다."

강석주가 감동한 듯하다. 묘한 얼굴로 나를 바라본다. 나도 강석주를 잠시 바라본다. 본의 아니게 또 강석주를 이용한다. 열차가 컴컴한 동굴로 진입한다. 나는 강석주의 다른 손도 잡는다. 강석주의 손이 뜨겁다.

"앞만 보십시오."

강석주가 앞으로 고개를 돌린다. 나는 강석주의 뜨거운 손을 내 등 뒤로 가져와서 풍선을 마저 건넨다. 곧바로 열차를 탈출한다.

나는 강석주와 한 경사를 따돌리고 은지와 은지 부친을 쫓는다. 은지와 은지 부친이 드림랜드 입구에서 손을 흔들며 작별한다. 은지는 지하철역으로 향한다. 은지 부친은 화장실로 들어간다. 풍선파는 삐에로 황 사장이 은지 부친을 뒤쫓는다. 나는 무선 이어폰을 통해 그들의 대화를 듣는다.

"누구야, 당신?"

"……."

"고은지랑 무슨 관계야?"

"은지 아빤데요. 새아빠."

"뭐? 새아빠? 왜?"

"제가 은지 엄마랑 결혼해서 잠시 살았습니다. 그때 은지를 키웠

구요."

"그럼 어디 사람이야?"

"수원……. 근데 누구세요? 저한테 그런 걸 왜 물어보세요? 그것도 반말로?"

"그러게."

나는 은지를 쫓아간다. 은지가 지하철역 개찰구 쪽으로 간다. 나는 은지를 부른다.

"어, 쌤! 웬일이세요?"

나는 드림랜드 옆에 있는 백화점을 가리킨다.

"백화점에 환불하러 왔다가……."

쇼핑을 했다기에는 내 손에 쥔 것이 없다.

"조금만 일찍 만났으면 우리 아빠 소개해드렸을 텐데……."

"그래, 아빠랑 왔구나."

은지의 시선이 내 너머로 향한다. 나도 은지의 시선을 따라 고개를 돌린다. 대형 스크린에 뉴스 속보가 뜬다.

북한 고위급 인사, 신원 미상의 여성과 탈북

미 대사관 진입 전, 여성 체포

고위급 인사 정찰총국 소속으로 추정

여성 신원 확인 중

숨이 멎는다. 남성의 뒷모습과 여성의 옆모습이다. 나는 스크린에 시선을 고정한다. 내가 잘 아는 사람이다. 나를 이곳으로 보낸 김정택 부국장과 내게 이남화 교육을 한 공 선생이다.

"아……"

은지가 신음을 토한다. 표정이 일그러진다. 얼굴이 창백해지고 몸을 떨기 시작한다. 나는 주위를 경계하며 은지의 어깨를 잡는다.

"은지야."

은지가 눈물을 흘린다.

"은지야, 왜 그래?"

은지가 양손으로 얼굴을 감싼다.

"은지야."

은지가 붉은 얼굴로 나를 쳐다본다.

"그래……"

"우리 엄마예요."

"뭐?"

그때 강석주가 은지를 부른다. 한 경사와 함께 오고 있다. 강석주의 손에 수갑이 없는 걸 보니 이야기가 잘된 모양이다. 은지는 정신이 반쯤 나갔다. 겨울비 맞은 환자처럼 곧 쓰러질 듯하다. 나는 은지의 팔을 잡고 가볍게 두드린다.

"은지야, 세상에 닮은 사람은 많아. 아닐 거야. 어머니가 왜 북한 사람이랑 같이 있겠어?"

은지가 나를 쳐다보며 입술을 옴짝거린다. 할 말이 있는 얼굴이다. 강석주와 한 경사가 우리를 발견하고 다가온다. 나는 몸을 낮추어 은지의 귓가에 속삭인다.

"은지야, 어머니 이야기 아무한테도 말하면 안 돼. 알았지?"

은지가 불안한 눈빛으로 나를 쳐다만 본다.

"은지야, 선생님 말 알아들었지?"

은지는 고개를 끄덕이며 입술을 깨문다. 나는 표정을 정리하고 강석주와 한 경사에게 인사를 한다. 강석주가 나를 한번 보고, 은지를 보며 가자고 한다. 은지가 선생님, 하고 나를 본다.

"쌤도 같이 갈게."

한 경사가 내게 할 말이 있다고 한다. 나는 은지에게 안심하라는 듯 고개를 끄덕인다. 강석주가 은지를 데리고 개찰구 안으로 들어간다. 강석주가 은지를 데리고 계단을 내려간다. 강석주와 은지의 뒷모습이 내 시야에서 사라진다.

"임해주 씨."

나는 한 경사를 쳐다본다. 한 경사는 남한 사람치고는 키가 작다. 한 경사의 시선과 내 시선이 나란히 맞부딪친다.

"같이 좀 가시죠."

한 경사가 누런 이를 드러내고 입꼬리를 올린다. 흰자가 넓은 눈으로 나를 노려본다. 섬뜩한 눈빛과 꺼림칙한 미소. 그날 밤 내게 방아쇠를 당기던 그 얼굴이다.

"또 무슨 일이죠?"

한 경사의 입 안쪽에서 금니가 반짝인다. 그날 밤 저 금니를 뽑지 못한 게 한이다.

"한인철 씨."

나는 턱을 쳐들고 팔짱을 낀다. 한 경사 뒤쪽, 2미터 떨어진 곳에서 삐에로 황 사장이 풍선을 날린다. 색색 풍선이 사방으로 흩어진다. 주변에 있는 아이들은 풍선을 잡으러 뛰어가고, 아이의 부모들은 아이들을 잡으러 뛰어간다. 한 경사가 뒤로 돌아본다.

한인철 씨, 하는데 한 경사가 나를 보고 말한다.

"임해주 씨, 당신을 간첩 혐의로 체포합니다."

한 경사가 수갑을 꺼낸다. 내 손에 수갑이 걸린다.

나는 남한 유치장에 있다. 밝고 깨끗하다. 창은 없다. 나는 밤에도 꺼지지 않는 남한의 전기 불빛이 싫다. 눈을 감고 벽 너머를 생각한다. 밤이다. 미세 먼지 가득한 밤. 구름먼지 위로 별이 뜨겠지. 나는 별이 되어 휴전선을 넘는다. 황해남북도를 지난다. 평양이다. 평양에도 스물네 시간 불이 꺼지지 않는 곳이 있다. 주체사상탑이다. 나는 주체사상탑 위에서 잠시 멈추고 경례를 한다. 평안남북도를 지나고 자강도도 지난다. 마침내 내 고향 양강도 혜산에 도착한다. 혜산은 빛 한 줄기 없는, 흑색 밤. 진짜 밤. 편히 잠들 수 있는 밤이다.

내 아버지는 도강을 한 반역자였다. 목적지는 서울이었다. 우리는 반역자의 가족이었다. 어머니가 장마당에 나가 장사를 하는 동안 아버지는 학교에 틀어박혀 책만 읽었다. 어머니가 집으로 돌아와 불을 때고 죽을 끓이는 동안, 아버지는 방에 틀어박혀 책만 읽었다. 내가 산에 가서 나물을 캐고, 석철이가 땔감을 주워오는 동안, 아버지는 책상 앞에 붙어 시만 썼다. 아버지의 안중에 우리는 없었다. 생활비도 배급도 밥도 옷도 땔감도 없었다. 아버지의 안중에는 아버지 자신밖에 없었다. 책도 자기만을 위해 읽었고, 시도 자기만을 위해 썼다. 아버지는 나약한 서정주의자였다. 아버지는 배신자였고 반역자였다. 이기적이고, 무책임한 사람이었다. 아버지는 혼자만 잘 살겠다고 어머니와 우리 남매를 버리고 압록강을 건넜다. 우리 가족은 반역자 아버지 덕에 요덕 관리소에 수감되었고, 김정택 부국장의 도움으로 나는 비밀 작전 특수 별동대에 들어갔고, 우리 가족은 풍서군 신명 협동 농장으로 추방되었다. 나와 가족들은 고향에는 영원히 돌아갈 수 없었다.

김정택 부국장은 내가 남한에 가면 가족을 혜산으로 보내주겠다고 했다. 주거도 해결해주겠다고 했다. 우리 가족은 내가 서울에 왔을 때 혜산에 자리 잡았을 것이다.

별이 많은 우리 고향의 하늘. 나는 우리 집으로 내려가 문을 두드린다.

"똑똑, 어머니 제가 왔어요. 똑똑, 석철아 누나가 왔어. 똑똑, 동희야 언니가 왔어."

가족들이 나를 반긴다. 몸집이 작은 어머니가 나를 안는다.

"아주 돌아온 기가?"

석철이가 묻는다. 우리 얼굴이 별처럼 빛나고 빛처럼 반짝인다. 동희가 묻는다.

"그동안 뭐 했어?"

"시를 배웠어."

"무슨 시?"

나는 잠시 생각하다가 시를 읊는다. 어머니와 석철이, 동희를 위해.

어머님, 나는 별 하나에 아름다운 말 한마디씩 불러봅니다. 소학교 때 책상을 같이 했던 아이들의 이름과, 패佩, 경鏡, 옥玉 이런 이국 소녀들의 이름과 벌써 애기 어머니 된 계집애들의 이름과, 가난한 이웃 사람들의 이름과, 비둘기, 강아지, 토끼, 노새, 노루, '프랑시스 잠' '라이너 마리아 릴케' 이런 시인의 이름을 불러봅니다.

나는 눈을 감고 계속 시를 읊조린다. 시에 가락이 묻는다. 나는 노래하는 시인이 된다.

보름중학교,
보름중학교에 다니는 놀새 은지
은지를 짝사랑하는 세웅이
김치도 잘 먹는 우찬이
청소를 열심히 하는 민경이
농구를 잘하는 민수
영작을 잘하는 태희
출석부를 잘 챙기는 준희
책을 많이 읽는 다은이
만화책만 읽는 현수
모델이 꿈인 태우
......
그리고 얼뜨기

얼뜨기 강석주

이네들은 너무나 멀리 있습니다

별이 아스라이 멀듯이

나는 눈을 뜬다. 이곳은 별도, 하늘도, 밤도 없는 유치장이다.

3

아아 병인 양
오슬오슬 드는지고

원수와 은인

작년 가을부터 임해주를 감시했다. 임해주의 집이 있는 골목에서 임해주가 일하는 피시방에서 편의점에서 임해주가 운동하는 뒷산에서 임해주가 장을 보는 시장에서. 그때는 임해주의 이름도 나이도 몰랐다. 얼굴이 검고 머리가 짧고 키가 컸다. 트레이닝복 바지에 후드 점퍼를 입고 야구모자를 썼다. 몸이 날렵했다. 걸음은 빠르고 달리기는 더 빨랐다. 멀리서 보면 소년 같았다.

처음에는 믿기지 않았다. 임해주가 내 임무를 두 번이나 망친, 내 원수라는 사실을. 임해주는 종일 아르바이트를 하면서 공부를 하고, 돈을 아껴가며 장을 보고, 하루 한 번은 유통기한이 지난 편의점 삼각 김밥으로 끼니를 때웠다. 한 발짝 가까이 다가가서 보면 임해주는 가난하지만 성실한 이십대 중반의 아가씨였다.

임해주는 깊은 물 같았다. 너무 깊어 출렁이지 않았다. 웃지도 찡그리지도 화내지도 울지도 않았다. 독서와 운동, 돈벌이 외에는 관심이 없었다. 임해주의 시선을 잠시 붙드는 것은 노숙자와 길고양이뿐이었다. 편의점에서 유통기한이 지나가는 빵이나 음식을 챙겨

두었다가 그들에게 나누어주곤 했다. 나는 믿을 수 있었다. 임해주가 나 대신 총을 맞고 바다 밑바닥으로 가라앉은 내 은인이라는 사실을.

나는 늘 임해주의 곁에 있었지만 임해주는 내게 관심이 없었다. 사람에게 관심이 없었다. 길을 걷거나 책을 읽거나 피시 모니터를 보았다. 피시방 카운터에서, 편의점 카운터에서 계산을 할 때도 나와 눈을 마주치지 않았고, 사람을 제대로 보지 않았다. 사람에게 기억되지 않는 것, 각인되지 않는 것이 간첩의 수칙이긴 하지만 임해주는 사람을 기억하고, 각인하고 싶어 하지 않았다. 소리도 질량도 심장도 감정도 없는 그림자 인형 같았다. 두 발짝, 세 발짝……더 가까이 다가가서 보면.

임해주를 가까이에서 보고 나서야 임해주가 감정과 감성을 억제하는 특수 훈련을 받았다는 사실을 알았다. 나는 그녀에게 연민이 생겼다. 가을 때문이었다. 단풍 때문이었다. 지난가을, 날은 적적하고 단풍은 서럽게 고왔다. 은행잎 노란 물이 절정이었다. 퇴근을 하고 먼발치에서 임해주를 지켜볼 때마다 은행나무에 눈길 한번 주지 않고 앞만 보고 달리듯 걷는 임해주가 안타까웠다. 임해주도 이 단풍을 보고 즐겼으면 좋겠다고 생각했다. 나는 은행잎을 주워서 말렸다. 주말에 피시방으로 갔다. 임해주가 자리를 비운 틈을 타서 은행잎 책갈피를 그녀가 읽고 있던 책장에 끼워 두었다. 나는 피시 앞에 자리를 잡고 모니터에 비친 임해주를 관찰했다. 임해주는 은행잎을 들고 잠자코 바라보았다. 표정은 없었지만 임해주의 마음이 곱게 물들어가는 모습을 지켜보기는커녕, 임해주는 은행잎을 잘게 부수어 쓰레기통에 던져버렸다. 나는 오기가 생겼다. 임해주가 보지 않는 책에 마른 은행잎을 끼워 넣었다. 임해주는 은행잎을 발견하지 못했고, 내 은행잎은 임해주의 책장에서 안전하리라 생각했다. 그런데 크리스마스 이브날 임해주가 내 은행잎을 발견했다. 이번에는 소리까지 질렀다.

"재수 없게 어떤 새끼가 죽은 이파리를 넣어 놨어?"

그녀에게 가졌던 잠깐의 호의를 후회했다. 임해주는 피도 눈물도 없는 빨갱이였다. 그런데 내 마음에 떨어진 낙엽이 바스락거렸다. 임해주가 왜 나를 구해주었는지 의문이 가시지 않았다.

그날 밤 나는 불빛 밝은 요트에, 임해주는 달빛 한 줄기 없는 어두운 바다 속에 있었다. 총상을 입은 임해주는 내 손을 뿌리치고 검은 바다 속으로 갇히듯 사라져갔다. 남파 공작조 리더 임해주는 남쪽 바다에 수장되었다.

보이지는 않았지만 임해주의 총상에서 흘러나온 붉은 피가 검은 바다 밑바닥으로 가라앉고 초록 바다풀잎에 스며드리라 생각했다. 임해주를 삼킨 바닷물은 새파란 색이라고 상상했다. 새파란 물속에서 검은 모자, 검은 마스크를 쓰고, 검은 목도리를 두르고, 검은 점퍼와 검은 바지를 입고 총에 맞아 죽은 임해주가 다시 살아나는 꿈을 꾸었다. 꿈에서 임해주는 붉은 핏방울과 노란 줄무늬 띤 열대어와 〈언더 더 씨Under the Sea〉 노래에 맞춰 춤을 추었다.

내 첫 임무를 두 번이나 실패하게 하고, 내게 사직서를 쓰게 한 빨갱이 공산당 간첩 임해주의 검은 눈빛은 그 후에도 종종 꿈에 나타났다. 임해주는 트라우마처럼 나를 괴롭혔다.

"빨갱이 새끼, 네 눈빛은 왜 빨갛지 않냐?"

"빨갱이는 사람 아니니?"

임해주가 마스크로 얼굴을 가린 채 대답했다. 검은 눈빛을 반짝이면서.

임무 실패 이후, 열 달 만에 빨갱이 새끼를 찾아냈다. 진짜 사람이었다. 나와 같이 눈 코 입 두 팔과 두 다리가 있는 사람, 머리색과 피부색, 눈동자색이 나와 같은 사람, 나와 같은 말을 쓰는 사람, 나처럼 대한민국 서울에서 살아가는 사람이었다. 그리고 내 예상과는 전혀 다른 사람이었다. 빨갱이 새끼는 여성이었다.

모습은 낯설었지만 눈빛은 익숙했다. 내 손을 놓고 검은 바다 속으로 잠기던 그때의 눈빛 그대로였다. 모든 것을 잃어버린 눈빛, 모두를 포기한 눈빛, 난생처음 망망대해에 떨어져 신음 한번 뱉지 못하고 비명 한번 지르지 못하고 죽어가는 사슴 같은 눈빛이었다.

지금 나는 어두운 곳에, 임해주는 밝은 곳에 있다. 나는 임해주를 보고, 임해주는 나를 보지 못한다. 나는 대한민국 국정원 요원이고, 임해주는 북한 간첩이다. 임해주가 하얀 종이에 검은 펜으로 조서를 쓴다. 죄인. 나도 모르게 웃음이 나온다.

가난한 내가

아름다운 나타샤를 사랑해서

오늘 밤은 푹푹 눈이 나린다*

* 백석의 시 「나와 나타샤와 흰 당나귀」에서.

교사로 위장해 내 곁에 온 임해주에게 시집 세 권을 주고 얼마 있다가 물었다.

"임 선생님, 시심은 좀 깨어나셨어요?"

"안 읽었습니다."

"왜요?"

"한가하게 시 읽을 시간이 어디 있습니까? 아이들 뒤치다꺼리하고 집에 가면 시체처럼 뻗습니다."

거짓말이었다. 지금 보니 시를 많이 외웠다.

임해주는 가난한 '나'가 어울릴까, 아름다운 '나타샤'가 어울릴까. 까만 머리, 까만 얼굴, 까만 눈동자를 지닌 임해주. 흰 셔츠에 검은 정장, 회색 정장만 번갈아 입는 임해주. 키가 큰 임해주. 몸이 마르고 단단한 임해주. 머리가 짧은 임해주. 입매가 야무진 임해주. 웃지 않는 임해주. 울지 않는 임해주. 늘 무표정한 임해주. 꼿꼿한 임해주. 흔들리지 않는 임해주. 굽 높은 구두를 신고도 잘 달리는 임해주. 구두를 신고도 공을 잘 차는 임해주. 음성이 굵고 낮은 임해주.

임해주는 결코 '나타샤'가 될 수 없다. 나타샤를 사랑하는 '나'도 될 수 없다. 임해주는 임해주이다. 그냥 임해주이다. 그리고 두 번의 악연 끝에 내가 반드시 체포해야 할 내 운명이다.

우리 측 정보원에 따르면, 임해주의 아버지는 김정숙사범대학 조선어문학부 교수였다. 특히 시를 좋아했다. 그가 체포되고 난 후, 그의 책장에서는 서정시집이 여러 권 나왔다. 분단 후, 대한민국에서 출간된 시집도 있었다.

임해주에게 접근하기 전에 임해주의 아버지가 되어보았다. 자유를 꿈꾸는 지식인, 서정시를 사랑한 문학인 아버지는 딸에게 어떤 영향을 끼쳤을까. 딸에게도 시를 가르쳐주었을까. 딸은 오가며 아버지가 소중히 여기는 시를 보았을까. 아버지의 시심을 닮았을까.

어릴 적 돌아가신 아버지의 정서를 이용하여 임해주에게 접근하겠다고 계획했다. 이번에는 반드시 성공하고 싶었다. 절대로 실패하지 않겠다고 맹세했다. 임해주에 대한 정보가 더 필요했다.

임해주에게 다가갔다. 임해주는 시와 시심과 문학과는 거리가 먼 사람이었다. 과묵하고 무뚝뚝하고 무표정하지만 성실하고 칼 같은 사람이었다. 임해주는 아무에게도 곁을 내주지 않았다. 시 좋아하세요? 전화번호 좀 주세요. 끝나고 차 한 잔 합시다, 라고 말했다가는 그 순간이 마지막이 될 것처럼 총검을 품고 있었다.

독했다. 그러니까 저 나이에 공작조를 지휘하고, 총을 맞아도 살아남지, 생각했다. 그러면서도 가슴 한 끄트머리는 아릿했다. 임해주가 나와 같은 사람이었기 때문이다. 그것도 적인 나를, 자기를 체포하려는 나를 구해준 사람.

임해주에게 접근할 기회는 엉뚱하게 왔다. 찌질이 컨셉concept으로 편의점에 갔을 때였다. 당시 나는 고은지 때문에 국어과 기간제 교사로 위장하여 보름중학교에 잠입하고 있었다. 고은지는 월북한 이중간첩 고은영(북에서는 '공 선생'으로 불린다)과 정찰총국 작전국 부국장 김정택의 딸이었다. 임해주가 개입한, 두 번의 임무 실패 직후, 팀장은 내 사직 의사를 반려하고 내가 중등 국어 2급 정교사 자격증이 있다는 이유로 보름중학교에 가서 실수를 만회하라고 했다.

기간제 계약이 끝나갈 때쯤 문제의 고은지와 고은지를 따라다니는 차세웅이 사고를 치는 바람에 나는 임해주에게 접근할 수 있었다.

북에서는 자전거를 타고 총 쏘는 훈련을 한다더니 임해주의 실력은 대단했다. 나는 훈남 컨셉을 버리고 찌질이 컨셉을 밀고 나가기로 했다. 임해주 앞에서 아이들에게 일부러 맞고 팔을 다치고, 병원에 데려가달라고 사정했다.

국정원에서는 임해주가 고은지에게 접근하리라는 첩보를 입수했다. 첩보는 사실이었고, 결국 내가 임해주를 보름중학교에 잠입하게 했다. 내 임무는 고은지를 보호하며 고은영을 잡는 것, 임해주를 감시하며 공작 조직의 정보를 입수하여 국정원이 공작 조직을 일망타진하게 지원하는 것, 임해주를 체포하는 것이었다.

임해주는 지금 체포되어 내 눈앞에 있다. 고은영은 죽고 김정택은 미국 대사관에 은신하고 있다. 고은지는 생부인 김정택의 존재에 대해서 모른다. 나는 상부의 명령을 기다리고 있다. 핸드폰 벨이 울린다. 팀장이다. 명령은 뭘까. 아니 내가 바라는 명령은 뭘까. 가슴속에서 그날 밤 바다를 울리던 파도가 치고 있다. 나는 임해주의 석방을 바란다. 반사 유리 너머 조사실에서 시를 쓰고 있는 임해주에게 물어본다.

나는 왜 네 석방을 바라고 있지? 내 손으로 널 체포하지 못하고 한 형사에게 기회를 빼앗겨서? 더 큰 그림을 위해서?

임해주의 검은 눈이 대답한다.

빨갱이도 사람이라서.

동무와 동료

    뜻밖에도 임해주가 한용운의 「인연설」을 알고 있었다. 나는 북한이 고향인 김소월, 백석 시집과 북한에서 공부한 적이 있는 윤동주 시집을 사서 학교 내 자리 책꽂이에 꽂아 놓았다. 임해주는 별 관심을 보이지 않았다. 아예 내게 관심이 없으니 내 책꽂이를 살피지 않았을 것이다. 나는 좀더 눈에 띄게 내 책상 위에 「별 헤는 밤」이 실린 교과서를 펼쳐 놓았다. 예상대로 임해주가 시에 관심을 보였고 나는 임해주에게 시집을 안겼다.

    "이미 임해주한테 접근했는데 시집은 왜 줘? 시집은 처음에 접근할 도구였잖아."

    내 사수이자 파트너인 염 선배에게 내 작전과 성공 스토리를 보고하자 염 선배가 물었다. 나는 염 선배의 질문에 답하지 못했다. 나도 답을 몰랐다. 임해주와 나 사이에 과연 정답이 있는가?

    임해주는 바빠서 시집을 안 읽었다고 했지만 나는 임해주가 매일 시를 읽는 모습을 상상했다. 임해주의 작은 집이 있는 옥상을 걸으면서, 평상에 앉아서, 창가 책상 앞에 앉아서, '영변 약산의 진달래꽃'을 이야기할 때 무표정한 임해주의 얼굴에서 검은 눈빛이 반짝거렸기 때문이었다.

"혼자 밥을 못 먹으면 혼자 아무것도 못 합니다."

임해주가 말했다. 나는 임해주와 같이 퇴근하는 날이면 늘 저녁을 먹자고 졸랐다. 작전 때문이었다. 임해주와 조금이라도 가까워져서 정보를 입수하기 위해서였다. 임해주는 매번 거절했다. 나는 슬픈 얼굴을 하면서 말했다.

"저 혼자 밥 못 먹어요. 임 선생님이 같이 안 가시면 저 굶어 죽어요."

"굶으십시오."

예상한 대답이었다. 그러나 잠시 후 전혀 예상하지 못한 대답을 들었다. 혼자 밥을 못 먹으면 혼자 아무것도 못 한다고. 순간 말문이 막혔다. 임해주는 혼자서 얼마나 무거운 짐을 지고, 혼자서 얼마나 무서운 일을 감당했는가.

"그래서 임해주 선생님은 혼자 수업 연습도 하고, 상담 연습도 하셨구나."

임해주가 눈을 크게 떴다.

"다 봤어요. 빈 교실에서 혼자 연습하시는 모습. 스마일 스티커 같으시던데요."

임해주는 아이들이 사라진 빈 교실에서 혼자 스마일 스티커 미소와 다정한 목소리로 수업을 연습하곤 했다. 그랬구나. 네가 교칙을 어기면 선생님이 속상해. '나 전달법' 연습도 했다. 임해주는 교사로서도 최선을 다하고 있었다.

"같이 밥 안 먹으면 소문내겠습니다."

표정 없는 임해주의 얼굴이 붉어졌다. 임해주의 자존심을 건드렸다. 나는 요원이고, 임해주는 간첩이고, 이건 작전인데 하면서도 나는 임해주의 눈치를 살폈다.

"죄송합니다. 제가 장난이 지나쳤어요."

나는 임해주에게 사과했다. 임해주의 마음이 상했을까 두려웠다. 임해주는 아무 말도 하지 않았다. 나는 임해주의 마음이 풀리지 않을까 불안했다.

"임 선생님, 뭐든지 말씀을 좀……."

"강 선생님, 제가 뭐든지 말하면 감당할 수 있겠습니까?"

"물론이죠. 저는 임 선생님과 관련된 일은 뭐든지 감당할 수 있답니다."

"아니요. 강 선생님은 절대 저를 감당하실 수 없습니다. 그러니 제게 관심도 두지 말고, 제 눈치도 보지 마십시오."

임해주가 목인사를 하고 앞서갔다.

"좋아합니다."

임해주가 걸음을 멈추고 뒤를 돌아봤다. 운동장 하늘에는 노을이 붉게 지고, 내 얼굴에는 붉은 물이 들고 있었다. 작전이다. 작전이다. 나는 마인드컨트롤을 했지만 온몸이 화끈거렸다.

"동무로서. 우리 이제 동무 아닙니까? 임해주 동무."

"간첩입니까? 동무는 무슨. 전 강 선생님이랑 동무 할 생각 없습니다."

임해주가 등을 보이고 교문을 향해 걸었다. 나는 고개만 숙였다.

강적이었다. 임해주는 진정 내가 감당할 수 있는 상대가 아닌 것 같았다.

"안 오고 뭐 합니까? 동료로서 밥 한 끼 정도는 같이 먹읍시다."

"가요. 가."

나는 강아지처럼 쪼르르 달려갔다. 물론 작전이었다.

"나는 매운 것도 짠 것도 단 것도 싫어합니다."

"임 선생님 식성이야 다 파악했죠. 조미료 제일 싫어하시죠? 소고기 먹죠. 한우로."

취조실로 설렁탕이 들어간다. 임해주는 간이 센, 남한 국물 음식을 싫어하는데 설렁탕은 제법 잘 먹는다. 나는 임해주를 위해 고기를 추가하여 설렁탕을 주문했다. 나는 임해주가 밥을 먹는 모습이 좋다. 임해주는 맛있게 먹는다. 쌀밥 한 톨도 국물 한 술도 남기지 않는다. 반찬까지 다 먹는다. 임해주가 식사를 끝내자 내 배까지 불러온다.

임해주가 학교에서 처음 급식 지도를 한 날. 잔반을 보면서 물었다.

"이 음식은 내일 먹습니까?"

"폐기하죠."

"아무도 손대지 않았는데요?"

"지침이에요. 그날 급식은 그날 폐기해요."

그날 임해주는 한참 동안 잔반을 바라보았다. 나는 임해주가 잔반을 보면서 무슨 생각을 하는지 알았지만 아는 척도 걱정도 위로도 해줄 수 없었다. 내가 할 수 있는 일은 임해주를 교사 식당으로 끌고 내려와서 함께 밥을 먹고, 개수가 정해진 디저트를 나눠주는 일뿐이었다.

나는 앞으로도 계속 임해주에게 디저트를 나눠주고, 밥을 먹자고 조를 것이다. 점심시간에도 퇴근 후 평일 저녁에도 주말에도. 물론 작전 때문이다. 그리고 어쩌면 진짜 동무, 진짜 동료가 될지도 모르는 임해주를 위해서이다.

한 형사가 취조실로 들어온다. 미간을 찌푸리고 심각한 얼굴로 임해주의 조서를 읽는다.

"나와 나타샤와 흰 당나귀. 조원 암호명이 나타샤와 흰 당나귀야? 백석은 누구야? 그러니까 4인 1조라는 말이지?"

임해주는 무표정하지만 나는 임해주만의 고요하고 잔잔한 호수에 미소가 어리는 모습을 본다.

"가난한 내가 아름다운 나타샤를 사랑해서? 뭐야, 나타샤가 남자야? 오늘 밤은 푹푹 눈이 나린다. 이건 뭐야? 씨발, 암호는 풀어 써야지."

"한 경사님, 간첩이지?"

임해주의 말에 나는 웃음을 터뜨린다.

"백석 시 몰라?"

한 형사가 핸드폰을 들고 검색한다.

"어, 그래 백석, 월북자 빨갱이잖아. 그래서 너는 알고, 나는 모르는 거야. 교과서에 빨갱이 시는 안 나오거든."

"사십대 중후반? 5차 교육과정? 초반? 6차 교육 과정? 아저씨 연식 나오시네. 우리 때는 교과서에서 다 배웠거든요. 백석은 월북자가 아니라 원래 북한 사람. 평안북도 정주 출신이고, 해방 후에 자기 고향으로 돌아갔고, 6·25전쟁 났을 때 자기 고향에 남은 거예요. 그리고 연시잖아요. 이 시 어디에 빨갱이가 있어요? 시인을 모욕하지 마세요."

나는 임해주를 응원한다. 임해주가 간첩만 아니면 박수도 치고 싶다.

"그럼 이 시는 왜 써?"

"조서를 쓰라는데 내가 아는 간첩은 111, 113, 북한은 백석, 김소월의 고향인데? 김소월은 알죠?"

한 형사가 애써 여유를 부리며 껄껄 웃는다. 임해주를 달래다가 윽박지른다.

"한 상무님, 여기 문화상사 아니에요."

문화상사는 보안수사대 일명 보안분실의 별칭이었다.

"너 뭐야? 어떻게 알아?"

한 형사도, 나도 깜짝 놀란다. 임해주가 한 형사의 정체를 알고 있을 줄 몰랐다.

"나 잘 봐. 우리 어디서 만난 적 있다고 했잖아. 나 대학 때 매일 문화상사 앞에 가서 시위했는데…… 무고한 시민들 고문해서 간첩 만들지 말라고. 내 말 안 듣고 쓸데 없는 짓 하다가 좌천된 거잖아. 그러니까 무고한 사람 데려다 잡지 말고, 반말도 하지 말고. 변호사 부를까?"

서울 지방 경찰청 보안부 보안분실 출신 고문 형사와 북한 비밀 작전 특수 공작원은 애초에 게임이 되지 않는다. 한 형사는 자기 영달을 위해 일하고 임해주는 조국과 신적 존재인 김정은, 가족의 생사를 걸고 일한다. 한 형사의 정신은 욕망으로 썩어빠져 있고, 임해주의 정신은 사상으로 무장되어 있다. 혹 옛 시절로 돌아가 한 형사가 미쳐 날뛰면서 어떤 고통을 가하더라도 임해주는 끄떡하지 않을 것이다. 임해주는 고문보다 더한 훈련에서 살아남았으니까.

한 형사가 취조실을 나간다. 임해주는 혼자 남는다. 나는 잠시 임해주를 본다. 여전히 시를 쓴다. 백석과, 소월과 동주의 시를. 나는 관찰실을 나간다. 한 형사의 뒤통수가 보인다.

교동도 사건 당시 보안수사대 소속이었던 한 형사는 내 임무를 망치고, 내게 사직서를 쓰게 한, 2등 공신이다. 지금은 내 작전을 망치려는 1등 공신이다. 교동도 사건으로 좌천되었다고 들었는데 올 3월 포돌이 탈을 쓰고 우리 학교 교문으로 와서 아이들에게 손을 흔들었다. 젊은 순경이라고 예상한 포돌이가 탈을 벗었을 때 시커멓고 굵은 주름이 자글자글한 한 형사의 얼굴이 나와서 놀랐다. 한 형사도 나를 보고 적잖이 놀란 듯했다.

"작전 중?"

"작전은 무슨, 누구 때문에 작전 다 망치고 옷 벗은 지가 언젠데요? 한 형사님이야말로 무슨 작업이라도 진행하시게요?"

"작업은 무슨, 나 이제 손 씻고 자유민주주의 대한민국 경찰로 새롭게 태어났어. 학교 전담 경찰관이야."

우리 둘 다 서로의 말을 믿지 않았다. 임해주 때문이구나, 서로 알고 있었다.

나는 한 형사를 쫓아간다.

"왜 남의 학교 선생님은 잡아가십니까?"

"자네 아직도 요원이지?"

"한 형사님은 아직도 대공 수사 하십니까?"

"임해주는 처음부터 내가 작업하던 거였어. 동영상에서 확인했어. 평범한 여 선생이 지붕 위에 올라가서 액션 영화를 찍나?"

"운동 많이 하는 여 선생님은 아이들이 위험하면 그 정도는 할 수 있습니다. 국정원 요원으로서 말씀드리겠습니다. 임해주는 간첩이 아닙니다. 사건 후에 당시 실종된 한 명의 시신이 떠올랐고, 우리 측에서 극비리에 수습했습니다. 이 말은 그날 목선에 있던 공작조가 전원 사살되었다는 말이지요. 누구 덕분에. 당시 요트에 함께 있었던. 제가 시신을 확인했고, 우리 측 정보원을 통해서 신원도 파악했습니다."

그날 목선에 있던 공작조가 전원 사살되었다는 말은 거짓이다. 우리는 다음 날, 세 구의 시신을 발견했다. 나는 가장 늦게 떠오른, 몸집이 작고 마른 시체가 나를 구해준 남자, 지금의 임해주라고 생각했다. 하지만 곧 목선에는 다섯 명이 있었다는 사실을 알아냈고, 시체의 주인은 선장이라는 사실도 파악했다. 총 두 명이 실종되었다. 한 놈은 북으로 돌아갔고, 한 놈은 남에 남은 임해주였다.

"간첩은 우리가 잡을 테니 그 '누구' 님은 학교 폭력 예방 교육에 전념하십시오."

한 경사의 눈매가 가늘어진다. 입꼬리를 올린다. 입술에 쓴 미소가 감돈다. 능구렁이. 속을 알 수가 없다.

악연

2015년 가을 국내 유명 보안 전문가 L씨가 국정원에 신고를 했다. L씨는 지난봄에 실내 골프장에서 중국 교포 사업가 창을 만나 친해졌는데 얼마 전에 창에게 거액과 월북을 제안받았다. 우리 팀은 L씨의 협조를 받아서 창을 추적했다. 창은 정찰총국 소속 남파 공작원이었다.

팀장은 당장 창을 잡아들이라고 했다.

"안 됩니다."

그때 나는 막 훈련을 끝내고 대공수사과에 배정받은 신참이자 팀의 막내였다. 실력은 없고 의욕만 넘쳐났다. 나는 겁도 없이 반대했다. 팀장과 팀 선배들의 시선이 내게 집중되었다. 나는 눈치를 보지 않고 자신 있게 말했다.

"큰물을 노려야 합니다. 시간이 좀 걸리더라도 큰 판을 기다렸다가 창과 연결된 일당을 모조리 소탕해야 합니다."

"조폭 잡냐?"

팀장이 물었다.

"정찰총국 소속 공작원이라면 북한 내 최고 엘리트 조직 아닙니까? 설마 많은 시간과 자본과 노력을 들여서 L씨 한 명만 포섭하지는 않았겠지요. 창이 이끄는 공작조가 있다고 추정되며 다른 놈이 다른 정보 보안 전문가를 포섭했을 가능성이 있습니다. 또 공작조를 서포트하는 고정 간첩도 있을 테고, 포섭한 보안 전문가를 인계해가는 안내조도 있을 수 있습니다. 수사 범위를 넓히면 다 잡아들일 수 있습니다. 물론, 완벽한 작전이 필요하겠지만……."

우리 팀은 창의 위치를 파악하고 감시했다. 결과, 북에서 공작조두 명이 내려왔고, 창 외에 탕이라는 공작원이 정보 보안 전문가 K씨를 포섭했다는 정보를 입수했다. 또 북에서 안내조 두 명이 왔는데그중 한 명이 공항을 통해 K씨와 출국할 예정이라는 정보도 입수했다. 우리 팀은 공항에서 탕과 안내조와 K씨를 체포할 작전을 세웠다.

나는 탕 담당이었다. 탕이 K씨와 안내조를 접선하게 하는 순간우리 쪽에서 세 명을 체포할 작정이었다. 작전 당일 나는 탕을 쫓아 공항까지 갔다. 맞은편에서 카트에 캐리어를 몇 층으로 쌓고 오는 행인과 부딪칠 뻔했지만 나는 탕에게 시선을 고정하며 노련하게 카트를 피했다. 그러다가 신사와 부딪치고 말았다. 나는 발목을 꺾으며 넘어지면서도 탕에게 시선을 고정했다.

"If you don't mind, would you let me go, sir?(괜찮으시다면 절 보내주시겠습니까, 선생님?)"

신사가 팔로 나를 감싸 안고 공주님처럼 받치고 있었다.

"오우, 노우, 쏘리."

나는 바로 서려고 애쓰면서도 눈으로는 탕을 쫓았다. 신사가 내 팔을 잡아끌면서 정중하게 일으켜주었다. 나는 신사를 보면서 말했다.

"땡큐."

"노 프라블럼."

신사도 내게 목인사를 하고 떠났다. 나는 다시 탕을 쫓았다. 정말 찰나였다. 1초 정도였는데 탕의 모습이 보이지 않았다. 나는 팀원을 호출했다.

"4호 실패. 3호 응답 바람."

뒤에서 염 선배가 달려왔다. 순식간에 옆구리를 맞고 벤치에 앉은 채로 쓰러져 있었다고 했다. 역시 탕을 놓쳤다. K씨를 쫓던 1, 2호는 갑자기 K씨가 택시를 잡고 이동하는 바람에 택시를 쫓고 있다고 했다. 결국 K씨는 방배동 아파트 자택으로 갔다.

"그래서 어쩔 거야?"

팀장이 소리쳤다. 나와 팀원들이 고개를 숙였다.

"다행히 K씨의 거취를 알고 있으니 K씨를 감시하다 보면 접선 현장을 잡을 수 있습니다."

염 선배가 말했다.

"바보야? 우리가 붙은 거 알고 피한 거잖아."

"죄송합니다."

내가 말했다. 판을 키우자고 한 이도 나였고, 탕을 놓친 이도 나였다. 나 때문에 처음에 잡을 수 있었던 창마저 놓쳐버렸다.

"결정권자도 나였고, 지휘권자도 나였어. 신입한테 책임 물을 생각 없어. 도대체 공항에서 무슨 일이 있었나?"

우리 팀은 밤새도록 공항 CCTV를 되돌려 보았다.

탕과 K씨는 다른 출입구를 통해 공항으로 들어왔다. 나와 염 선배가 거리를 두고 탕을 쫓았고, 1조 이 선배와 배 선배가 K씨를 쫓았다.

K씨는 카페로 가서 아메리카노를 한 잔 마시고 나왔다. 시계를 확인하고 공중전화 앞으로 갔다. 공중전화로 걸려온 전화를 받았다. 공중전화를 끊고 핸드폰으로 통화를 했다. 다음 공항을 빠져나가 택시를 잡고 이동하기 시작했다.

탕은 길을 가다가 핸드폰으로 문자를 한번 확인하고는 계속 걸었다. 그 뒤에 내가 따라가고 있었고, 염 선배가 나와 1.5미터 거리를 두고 따라가고 있었다. 나는 카트를 피하고, 신사와 부딪쳤다.

"아!"

나는 너무 놀라 소리를 질렀다. 그 신사가 팔꿈치로 염 선배의 옆구리를 치고, 순간 정신을 잃은 염 선배를 벤치에 곱게 앉혔다. CCTV를 더 돌려 보았다. 신사는 위층에서 이미 우리 정체를 파악하고 K씨와 탕에게 연락했다. 신사가 안내조 빨갱이 간첩이었다. 큰 키와 나를 받치고 일으키던 힘, 고급 수트와 고급 선글라스, 매너, 무엇보다도 영어가 유창하고 발음이 자연스러워서 미국이나 캐나다 쪽 신사인 줄만 알았다. 고사포로 뒤통수를 한 대 맞은 느낌이었다. 나는 신사 위장 간첩만이라도 내 손으로 잡겠다고 다짐했다.

공항 작전 실패 후, 우리 팀은 수사를 포기하지 않았다. 일단 K씨를 감시했다. K씨가 먼저 우리 측에 연락해왔다. 국정원에 노출되었으니 자기는 가지 않겠다고 했다. 우리는 K씨를 체포했다. 그는 국가보안법 위반으로 재판을 받고 수감되었다.

우리는 K씨를 이용해 탕의 위치를 파악했고, 탕과 창 공작조와 안내조가 강화도에서 해로로 탈출한다는 정보를 입수했다. 나는 해경에 협조 공문을 보냈다.

그날 우리 팀은 해안에 미리 가서 잠복하고 있었다. 구름이 달을 가리고 사방천지는 어둡고 고요했다. 간첩 네 명이 각자 도착해서 바다로 걸어 들어갔다. 나는 신사를 찾으려고 했지만 간첩 모두 모자, 목도리, 마스크로 얼굴을 가려서 식별이 불가능하였다. 세 명은 낚시꾼 차림이었다. 아래위로 검은 옷을 입은 놈도 있었다. 혹시 저 놈이 그 신사가 아닐까 의심했다. 200미터 앞에 미리 정박해 둔 어선이 있었다. 점점 수면이 높아졌다. 네 명은 헤엄을 치기 시작했다.

"어떡하죠?"

배 선배가 물었다.

"지원 요청 확실히 했지?"

염 선배가 물었다.

"그럼요."

나는 자신 있게 대답하면서도 불안했다.

"다시 한번 확인해볼게요."

나는 우리 차에서 내려 핸드폰을 꺼냈다. 요트와 어선이 정박해 있는 쪽으로 걸으면서 해경 담당자에게 전화를 걸었다.

"곧 출발할 것 같습니다. 오셨습니까?"

"네. 안 보입니다. 어디 계십니까?"

"서한리 앞바다. 37.7588271, 126.2189657입니다."

"네? 강화도 아닙니까?"

"맞습니다."

"거기는 교동도입니다. 10킬로미터 이내에 우리 고속정이 있습니다. 즉시 출발합니다."

나는 기운이 빠져 주인 모르는 요트 위로 올라가 주저앉았다. '강화군 교동면'이라고 하여서 당연히 강화도인 줄 알았다. 이번 작전이 또 나 때문에 실패한다면 나는 사직을 하리라고 결심했다.

나는 팀장에게 전화를 걸어 내 실수를 밝혔다. 팀장은 정신줄 잡고 지금은 작전에만 집중하라고 했다. 하지만 내 집중력은 이미 흐트러졌다. 나 때문에 작전이 두 번이나 실패한다고 생각하니 온몸이 후들거렸다. 팀장이 말했다. 어선에 무슨 문제가 생겼는지 한 명이 바다로 뛰어 내려와 물에서 뭘 건져 올린다고 했다.

"네."

나는 기운이 빠져 겨우 한마디했다.

"아직도 정신 못 차렸어? 넌 요원이야. 요원답게 행동해."

"네."

전화를 끊고 흔들거리는 다리에 힘을 주고 일어섰다. 차로 돌아가려는데 갑자기 요트가 출발했다. 요트는 얼마 안 가 멈췄다.

"동작 그만. 움직이면 발포하겠다."

가까이서 들리는 음성이었다. 순간 가슴이 내려앉고 정신이 아득해졌다. 팀장의 말대로 난 요원이라고 마음을 다잡고, 우선 현 상황을 파악하려고 애썼다.

"동작 그만. 움직이면 발포하겠다."

요트 앞머리에서 나는 소리였다. 어두운 선실에 가려 요트 앞머리 상황을 정확하게 파악할 수 없었다. 앞머리로 가려면 선실을 통과해야 했다. 나는 선실 안으로 조용히 걸음을 옮겼다. 선실 안에는 아무도 없었다. 몸을 낮추고 앞쪽으로 기어갔다. 선실 밖 갑판위에서 남자 한 명이 메가폰을 들고 소리치고, 그 옆에 남자 한 명이 북측 어선을 향해 서치라이트를 비추고 있었다. 해경도 아니고, 해군도 아닌데…… 또 뭐지? 좀더 앞으로 나가 몸을 숨기고 두 사람의 대화를 들었다.

"상무님. 지금이라도 해경에 지원 요청하시죠."

"피라미 잡자고 그물 칠래?"

"피라미 한 마리가 네 마리가 되었잖아요."

상무라는 자는 다시 메가폰을 들고 소리쳤다.

"경고한다. 너희들은 포위됐다. 즉시 무장 해제하고, 배에서 내린다."

나는 선실 뒤로 가서 팀장에게 상황을 보고했다. 상무라는 사람과 똘마니 한 명이 요트를 타고 간첩선에 가까이 가고 있다고.

"지금 쟤들 출발하는데? 아까 바다에 뛰어든 애는 배 끝에 매달렸어."

"요트에서 총을 쏩니다."

"쟤들도 사격 시작했어. 너 실전 사격은 안 해봤잖아. 상황만 보고해."

작전은 엉망이 되어가고 있었다.

"배에 매달린 애가 제일 사격을 잘해. 쟤가 대장이네. 우리 애들

194

도 바닷가로 들어가서 사격 시작했어. 대장 애는 바다로 뛰어들고 어선은 출발한다. 대장 애는 요트 쪽으로 간다. 나도 어선 쪽 놈들 잡으러 간다. 거긴 네가 알아서 해."

선실 앞쪽으로 가서 몸을 낮추고 바깥 상황을 살폈다. 대장이라는 놈이 요트 위로 뛰어올랐다. 검은 상하의, 내 예상이 맞았다. 대장 놈은 갑판 위에 오르자마자 상무 똘마니의 총을 발로 차서 날리고, 똘마니를 바닷속으로 밀어버렸다. 빨갱이 대장과 상무가 붙었다. 빨갱이 대장에 비해 상무의 실력이 한참 뒤처졌다. 빨갱이 대장은 북한 주체 격술과 남한 특공 무술까지 마스터한 듯했다. 나는 총을 꺼냈다.

"움직이지 마."

선실에서 나와 갑판에 서자 빨갱이 대장과 상무가 동시에 나를 쳐다보았다. 우리 세 사람은 뾰족한 삼각형의 꼭짓점이 되었다.

"당신, 간첩."

나는 빨갱이 대장을 향해 총을 겨누었다. 빨갱이 대장은 나를 보았다. 해경 고속정에서 라이트가 쏟아졌다. 빨갱이 대장은 빛 때문에 나를 제대로 보지 못했다. 빨갱이가 손을 든 채 내게 가까이 다가왔다.

"오지 마."

빨갱이는 천천히 내게 다가왔고, 상무는 바닥을 기어갔다.

"거기 서! 간첩!"

빨갱이가 내 앞에 섰고, 상무가 총을 잡았다.

"움직이면 쏜다."

빨갱이가 순식간에 내 총을 가로채고, 다른 팔로 나를 인질로 잡고 몸을 돌렸다. 순간 상무가 총을 쏘았다. 빨갱이는 다시 몸을 돌려 나를 보호하듯이 껴안느라 어깨 뒤쪽에 총을 맞았다. 빨갱이는 휘청거리며 요트 측면으로 몸을 옮겼다. 상무는 빨갱이를 향해 총을 쏘았다.

"그만!"

나는 상무에게 소리쳤다. 순간 해경 고속정에서 총탄이 날아들었다. 총탄은 빨갱이의 심장에 정확히 꽂혔다. 빨갱이가 가슴을 부여잡고 바다로 떨어졌다. 나는 달려가서 빨갱이의 손을 잡았다. 빨갱이의 검은 눈빛이 나를 응시했다. 나는 힘주어 빨갱이의 손을 잡았지만 빨갱이는 내 손을 놓고 검은 바닷속으로 잠겨갔다. 상무가 다가와 라이트를 비추었다. 빨간 핏물이 수채 물감처럼 연하게 번져갔다. 내 눈에서 빨갱이의 검은 동공이 멀어져갔다. 빨갱이는 분명 나 대신 총을 맞았다. 빨갱이 간첩 대장이 나를 구해주었다. 나는 만감이 교차했다.

해경이 간첩 어선을 폭격했다. 나는 빨갱이가 사라진 바다를 망연히 바라보았다.

새벽에 해군이 합세해 간첩 어선을 인양했다. 낡은 목선이었다. 어선에는 공작조 창과 탕의 시신이 있었다. 잠시 후 해군이 바다에서 시신 한 구를 건져 왔다. 검은 모자, 검은 마스크, 검은 목도리, 검은 상의, 빨갱이 대장의 시신이었다. 마음이 착잡했다. 심장에 총을 맞았으니 살아 있을 리가 없다. 하지만 가슴 끄트머리에서는 살아 있기를 바랐다. 나를 왜 살려줬는지, 내 손을 왜 뿌리쳤는지 묻고 싶었다.

"요트엔 왜 탔냐?"

염 선배가 다가와 물었다.

"걸으면서 전화하다가……. 죄송해요. 저 때문에 다 망쳤습니다."

염 선배가 내 어깨를 두드렸다.

"괜찮아. 안내조 한 명 시신만 찾으면 이 사건은 끝이야."

팀장과 한 상무라는 사람이 목소리를 높였다.

"어쨌든 우리 쪽에서 먼저 문 겁니다."

보안수사대 소속이라는 한 상무가 말했다.

"그럼, 책임도 그쪽에서 지시죠."

팀장이 신경질적인 어조로 말하고 자리를 떴다.

목선에서는 배낭 네 개와 2G 핸드폰 두 개가 나왔다. 핸드폰에는 '노출, 해산, 대기'라는 메시지가 있었다. 우리 팀은 사무실로 돌아와 그날 공항 CCTV를 다시 확인했다. 신사로 위장한 빨갱이 대장은 아침 일찍 도착해서 공항 위치 정보를 파악하고, 위층에서 우리 팀을 꿰뚫어 보고 있었다. 문자를 보낸 다음, 나와 염 선배에게 접근해 탕을 빼돌렸다. 그리고 새로운 사실이 나왔다.

"이 캐리어 카트도 한 편입니다. 제가 카트를 피해서 신사와 부딪치게 하였고, 염 선배도 카트를 피해서 신사 옆으로 자리를 옮겼습니다. 이 캐리어 카트가 실종된 안내조 한 명입니다."

염 선배가 말했다.

"신사와 빨갱이 대장이 동일 인물입니다. 대단한 브레인입니다."

"격술과 특공 무술도 뛰어났습니다."

나는 요트에서 일어난 일을 팀장에게 보고했다.

"신참아, 우리는 간첩을 죽이는 게 목적이 아니야. 자유 대한의 넓은 가슴으로 품어서 우리 측에 필요한 정보를 얻고 새로운 삶을 주자는 거야. 물론 교과서대로 하자면 네 말이 맞아. 하지만 교과서는 교과서이고, 작전은 작전이지. 그런데 우리 모범생 신참이 일당소탕이니 뭐니 하면서 다 골로 보냈네. 어쩔 거야, 이제?"

"죄송합니다. 공항 작전도 강화도 아니 교동도 작전도 모두 제 불찰입니다. 제가 책임지고 물러나겠습니다."

"신입 주제에 무슨 책임을 져?"

하지만 나는 계속 국정원에 남아 있을 수 없었다. 내 실수로 임무를 두 번이나 실패했다. 자유 대한의 넓은 가슴으로 품어야 할 간첩도 다 죽게 했다. 나를 구해준 간첩마저도.

처음부터 국정원에 뜻이 있는 것도 아니었다. 임용고사에 낙방하고 재수를 할까, 사립에 지원할까 고민하던 중에 친구가 국정원 시험 스터디를 제안했다. 몇 달 공부를 하고 시험을 봤는데 뜻밖에 합격했다. 쉽게 얻은 만큼 쉽게 버릴 수 있었다. 나는 사직을 결정했다.

"배낭 안에는 전부 애들 간식이네. 간첩이라도 처자식은 있겠지. 빨갱이 대장이 이거 건지려고 바다에 뛰어들었구먼. 그냥 갔으면 살 수도 있었을 텐데……."

팀장이 배낭을 뒤지면서 말했다. 나는 좋은 남편이자 좋은 아버지였을 빨갱이 간첩의 명복을 빌었다.

아군과 적군

간첩 대장이 살아 있다는 소식을 듣고 나는 안도했다. 물론 내 본분을 잊지 않았다. 우리 팀 작전을 두 번이나 망치게 했고, 내게 사직서를 쓰게 한 놈이니 내 손으로 꼭 잡겠다고 결심했다. 그러면서도 나를 구해주어서 고맙다는 말을 꼭 전하고 싶었다.

간첩 대장을 찾고 보니 뜻밖에도 여자였다. 분명 남자 목소리, 남자 키, 남자 힘이었는데 그 모든 게 위장이었다. 키는 나보다 한 뼘 작고, 몸도 말랐다. 나는 편의점에서 근무하는 빨갱이 대장을 감시하면서 복잡하고 미묘한 감정이 일어났다. 나는 염 선배에게 물었다.

"그 간첩 대장이요. 어쩌면 좋은 사람 아닐까요?"

"예쁘지? 개가 좀 많이. 너 같은 남자새끼들 때문에 요새는 북에서 인물 보고 간첩 보낸다더라. 정신 차려."

예뻐서가 아니었다. 남녀를 떠나 빨갱이 대장도 사람이었다.

"그럼 왜 저를 구해줬을까요?"

"너 구하는 척하면서 탈출했잖아."

순식간이었다. 간첩 대장은 한 형사가 총을 겨누자 나를 끌어안고 대신 총을 맞았다. 계산한 일이 아니었다. 진심에서 나온 행동이었다. 그녀의 본성이 시킨 일이었다. 탈출은 한 형사와 해경의 총을 맞고 바닷가로 떨어지면서 이루어진 일이었다.

"그냥 빨갱이 불여시라고 생각해."

그렇게 생각하고 싶었다. 그렇게 생각하면서 몸과 마음을 갈고 닦았다. 하루에 네 시간씩 자면서 근무하고, 훈련하고, 공부했다. 나를 이해해준 우리 팀에, 내게 다시 한번 기회를 준 대한민국에 더는 폐를 끼치고 싶지 않았다. 공을 세워서 내 능력을 인정받고 싶었다. 하지만 빨갱이 대장을 지켜보면서 그녀가 빨갱이 불여시라는 생각이 사라져갔다. 그녀는 하루하루 최선을 다해 열심히 살아내는 이십대 아가씨일 뿐이었다. 종일 피시방과 편의점에서 아르바이트를 하지만 자신을 위해 돈을 쓰지 않았다. 그녀가 돈을 쓰는 일은 생존을 위해 가장 싼 식재료와 음식을 살 때뿐이었다. 운동화 한 켤레로 사계절을 보내고, 티셔츠 두 벌로 여름을 나고, 솜 점퍼 한 벌로 겨울을 견뎠다.

학교에서 만난 임해주 역시 빨갱이도, 불여시도 아니었다. 공항에서 교동도 앞바다에서 작전을 지휘하던 공작원의 모습도, 총격전을 치르던 전투원의 모습도 볼 수 없었다. 임해주는 호수 같았다. 늘 고요하고 담담하고 잔잔했다. 기뻐도 기뻐하지 않고, 슬퍼도 슬퍼하지 않았다. 아파도 소리 내지 않고, 화나도 소리치지 않았다. 나이 어린 소녀 시절부터 최강도의 특수 훈련과 감정 억제 훈련을 받았으리라 짐작했다.

임해주를 미워할 수 없었다. 대한민국에서 태어났더라면 한창 꾸미고 연애하고 일하면서 청춘을 뽐낼, 이십대 중반의 아가씨였다. 그녀는 키가 크고, 얼굴이 밉지 않고, 능력이 뛰어난 탓에 체제의 희생양이 되었을 뿐이었다.

임해주가 경찰서에서 나온다. 무혐의로 석방되었다. 상부의 개입이 있었다. 주말이라 다행이다. 학교 출근에는 지장이 없다. 나는 다시 교사 강석주가 된다. 교사 강석주는 교사 임해주에게 관심이 있다. 호감이 있다. 좋아한다. 기회가 있을 때마다 임해주를 지그시 바라본다. 눈을 마주치면 순정만화 주인공처럼 웃는다. 무뚝뚝하고 차가운 임해주에게 버터 바른 말을 밥알처럼 쏟아낸다. 약한 남자가 되어 힘세고 날렵한 임해주에게 기댄다. 유능한 동료가 되어 학교 업무에 익숙하지 않은 임해주를 도와준다. 임해주에게 반한 남자가 되어 틈만 나면 수작을 부린다.

"해주 씨."

나는 얼굴에 함박 미소를 띠고, 다정한 목소리로 임해주를 부른다. 임해주는 나를 보며 놀라지만 티 내지 않는다.

"어제 한 형사님이랑 같이 가시는 모습 봤어요. 궁금해서 알아봤죠. 걱정 마세요. 은지는 못 봤으니까요."

국정원 요원으로서 내 임무를 잊지 않고 임해주를 속인다.

"해주 씨가 뭡니까? 제가 강 선생님 친구입니까?"

임해주가 평소처럼 쏘아댄다. 고맙습니다. 한마디를 기대한 내가 바보다. 진짜 바보처럼 웃음이 난다.

임해주를 데리고 두부집으로 온다. 임해주는 배가 많이 고팠나 보다. 평소처럼 거절하지 않고 따라온다. 생두부 한 접시, 맑은 순두부찌개, 붉은 순두부찌개가 테이블에 오른다. 임해주는 맑은 순두부찌개를 선택한다. 북에서 고춧가루를 접한 경험이 없어서 붉은 순두부찌개는 입에 맞지 않을 것이다.

임해주는 잘 먹는다. 하얀 쌀밥도 생두부도 맑은 순두부찌개도.

북에서 보낸 임해주의 어린 시절을 짐작해본다. 고난의 행군 시기, 배급은 끊겼다. 쌀밥은 먹지 못했고 옥수숫가루가 주식이었을 테다. 어머니가 장사를 했다는 정보가 있다. 가족들이 살 때에는 적어도 하루 두 끼는 먹었을 것이다. 요덕, 정치범 수용소에서는 하루에 옥수숫가루로 끓인 멀건 죽 반 공기를 먹었을 것이다. 그마저 못 먹는 날도 많았을 것이다. 수용소에서 나온 이후, 임해주는 공식적으로 사망 처리되었다. 그때부터 특수 훈련을 받았을 것이다. 훈련소에서도 옥수숫가루죽 한 공기와 염장무 정도를 먹었을 것이다. 너무 배가 고파서 야산에서 식량을 구하기도 했을 것이다.

임해주는 간첩이다. 나는 간첩을 위해 밥 한 공기와 두부 한 접시를 더 주문한다. 간첩이 밥을 먹는데 자꾸만 내 목이 멘다. 나는 헛기침을 한번 한다.

"그럼 이제 오해는 다 풀렸죠?"

"네."

"한 형사님 좀 미친 거 아니에요? 해주 씨 어딜 봐서 간첩이라는 거예요?"

나는 한 팔을 탁자 위에 올린다. 팔로 턱을 괴고 몸을 앞으로 숙인다. 임해주와 눈높이를 맞춘다.

"그래도 전 간첩이라니까 안심이 되긴 했어요."

임해주가 나를 가만히 본다. '해주 씨'가 못마땅한지 '간첩'에 긴장하는지 어쩌면 둘 다인지 표정 없는 저 얼굴로는 임해주의 속을 알 수 없다.

"도둑놈, 사기꾼, 살인자보다는 낫잖아요."

임해주가 한숨을 쉰다. 철없는 막냇동생 보듯 나를 본다.

"뭐가 낫습니까? 전쟁 나면 총 들고 서로 쏴야 하는데……."

"전쟁 나면 저 쏘시려구요?"

임해주가 나를 쏘겠다고 하면 어떡하지? 나는 긴장한다.

"우린 같은 편이니 그럴 일은 없습니다."

다행이다. 아니 다행이 아니다. 임해주는 거짓말을 하고 있다. 우리는 결국 서로를 쏘아야만 하는 사이이다.

"북한 사람은 같은 민족이죠."

"그럴까요?"

임해주의 표정에서 속뜻을 읽을 수 없다. 나는 우리의 평화와 안녕을 위협하는 주적이죠. 결국엔……, 이라고 대답하지 못한다.

"그럼요, 한민족, 한 민족이죠."

북한은 적인가. 전쟁이 나면 나는 임해주를 쏘아 죽일 수 있을까. 임해주는 내게 총구를 겨눌까. 총구를 겨누어도 날 쏘아 죽일 수 있을까. 내 조국이 대한민국이라서 다행이다. 북한에서 이런 생각을 한다면 나는 수용소로 끌려가리라. 하여 생각도 고민도 하지 못하고 오직 당의 명령에만 충성해야 하는 임해주를 이해한다.

우리 측 정보원이 보내온 임해주의 어린 시절 사진을 떠올린다. 어깨가 좁고 몸이 깡마른 여자아이. 다리가 가늘고 긴 아이. 머리를 양 갈래로 땋아 가슴 앞으로 늘어뜨린 아이. 앞니 빠진 입을 크게 벌리고 웃는 아이. 그 시절 임해주는 많이 웃고, 많이 울었을 테다. 노래를 부르고, 주체사상을 학습하고, 김정일을 아버지 장군님으로 알았을 테다.

내 앞에 있는 간첩 임해주를 본다. 무감정, 무표정, 온몸이 병기인 전사. 결국 우리의 평화와 안녕을 위협하는 적. 우리가 같은 민족이라는 사실을 의심하는 간첩 때문에 또다시 목이 멘다. 나는 빈잔에 물을 따르고 꿀꺽 삼킨다.

임해주를 보내고 돌아오는 길. 임해주를 생각한다. 임해주는 나를 구해주었다.

왜?

간첩 임해주가 아니라 사 주간 나와 함께 일한 동료 임해주를 생각해본다. 까칠하고 싸늘하고 동료들과 잘 어울리지 않지만 자기일은 완벽하게 처리하고자 최선을 다했다. 차 좀 드세요, 라고 하면 화장실 갈 시간 없어요, 라면서 수업을 열심히 준비한다. 아이들을 싫어하는 척하지만 싫어하지 않는다. 모든 아이들에게 공정하고, 약자를 보호하고, 불의에는 맞선다.

빨간 팬티를 던지듯 선물하고 도망치던 임해주. 숨어서 내 안전을 확인하고 떠나던 임해주. 공이 날아오면 나를 보호해주던 임해주. 혼자 밥을 먹지 못한다는 나와 함께 밥을 먹어주던 임해주.

답은 하나이다. 임해주는 사람이다. 좋은 사람이다. 악당이 아니라 본성이 선한 사람이다. 하지만 결국 내가 체포해야 할 간첩이다. 혼란스럽다.

종일 임해주를 생각한다. 간첩 임해주, 좋은 사람 임해주 때문에 잠이 오지 않는다. 꿈에서도 임해주를 만난다. 임해주는 익어가는 고기를 바라만 본다. 나는 잘 익은 고기를 임해주의 접시에 놓아준다. 임해주는 고기를 집어 먹다가 목이 막히고, 나는 임해주에게 물을 먹이다가 목이 멘다. 결국 임해주는 고기를 먹지 못한다. 나는 임해주를 보면서 생각한다. 이건 꿈이다. 꿈이라서 다행이다. 남한 음식이 입에 맞지 않은 임해주에게 북한 음식도 먹였고, 값싼 중국산 두부만 사던 임해주에게 부드럽고 고소한 국산 두부도 먹였다.

"이제 꿀보다 달콤하고 아이스크림보다 잘 녹는 고기도 먹으러 가자."

나는 임해주에게 말한다. 꿈에서. 생각한다. 임해주에게 꿀도 맛보여줘야겠다고. 묻는다.

"임해주, 너는 무슨 맛 아이스크림을 먹고 싶니?"

아침에 눈을 떠서도 임해주를 생각한다. 임해주는 무슨 마음으로 출근을 하는가. 오늘 계획은 뭔가. 임해주가 진짜 교사가 되어 출근을 하게 된다면 어떠할까. 나는 출근을 하면서도 임해주를 생각하고, 퇴근을 하면서도 임해주를 생각한다. 임해주가 대한민국에서 태어났다면, 대한민국에서 공부했다면 좋은 교사가 되었을까.

임해주에 대한 생각을 멈출 수 없다. 그녀에 대한 내 감정을 정확히 정리할 수 없다. 머리를 식히기 위해 시집을 펼친다.

내 언제 당신을 사랑한다 이르던?

그러나 얼굴을 부벼 들고만 싶은 알뜰함이
아아 병인 양 이렇게 오슬오슬 드는지고*

이 시행이 눈에 들어온다. 임해주에게 들려준다면 어떤 반응을 보일까? 싸이코 또라이로 보겠지. 웃음이 난다. 진짜 바보 같다.

나는 책장을 덮고 냉정을 찾는다. 임해주를 정리한다. 임해주는 특수 훈련을 받은 공작원이다. 머리도, 몸도 최상이다. 요원으로서 최고의 실력을 갖추고 있다. 책임감도 있고 성실하다. 충성심도 뛰어나다. 나는 작전을 바꾼다. 체포가 아니라 포섭이다. 나는 이제부터 임해주 체포 작전이 아니라 포섭 작전을 수행한다.

이제부터 임해주는 진짜 내 인연이자 내 운명이다. 나는 시집을 다시 펼친다.

* 유치환의 시 「새」에서.

4

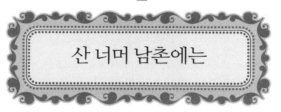

산 너머 남촌에는

'고운 녀성'과 간사한 남자의 데이트

　경찰서 앞에 강석주가 있다. 나도 모르게 진짜 미소를 지을 뻔했다. 강석주의 얼굴을 보는 순간, 비를 쫄딱 맞고 따뜻한 물에 몸을 담근 듯 몸이 노곤해졌다. 긴장이 풀어지고 마음이 놓였다. 강석주는 손을 흔들며 내 이름을 간사하게 부른다. '동무'가 아니라 '해주 씨'. 나도 남한 사람이 된 것 같다. 내가 남한 사람이라면 우리는 좋은 친구, 좋은 동료가 되었을까. 나도 강석주처럼 아이들을 좋아하는, 진짜 선생님이 되었을까.

　강석주가 순댓국도 아니고, 한우도 아니고, 두부를 먹으러 가자고 한다. 경찰서에서 나와 두부를 먹으러 가는 장면을 남한 드라마에서 본 적 있다. 거절하지 않는다. 배가 고플 뿐, 다른 이유는 없다. 없어야 한다.

　강석주와 나란히 걷는다. 온몸이 졸린 고양이 등짝처럼 해나른하다.

　"데이트 같죠?"

　강석주를 흘긴다. 아니요, 라는 말이 선뜻 나오지 않는다. 배가 고파 기운이 없을 뿐, 다른 이유는 없다.

거리로 시선을 옮긴다. 내 또래 아가씨들이 하늘거리는 블라우스와 짧은 치마를 입고, 맨다리를 드러내고, 긴 머리칼을 빛내며 진짜 데이트를 한다. 남자는 여자의 핸드백을 매거나 들고 있다. 여자는 남자와 손을 잡거나 팔짱을 끼고 걸어간다. 서로의 허리에 팔을 두르기도 한다. 우리 조선에서는 단속감이다. 나도 간첩이 아니라 대학생이 되었다면 규찰대를 피해가며 '고운 녀성'처럼 데이트를 했을까.

상점 유리창에 내 모습을 비추어본다. 시장에서 산 회색 후드티, 검은 트레이닝 바지, 검은 운동화. 유리창에 비친 내 모습, 그 안에 숨어 있는 진짜 내 모습을 바라본다. 찌르고 때리고 차고 패고 쏘고 찍고 죽이는 전사가 있다.

"해주 씨, 예뻐요."

강석주가 까맣게 탄 내 얼굴을 보면서 말한다. 가슴이 찌릿하다. 목구멍이 뜨거워진다. 눈매가 간질거린다. 우리가 조선에서 만났다면, 내가 '고운 녀성'이라면, 우리가 데이트를 한다면 나는, 간사한 새끼 왜 사람을 울리고 그라네? 라고 답했을 테다. 나는 전사의 모습으로 돌아와 답한다.

"강석주 선생님, 간사한 말 자꾸 하지 마십시오."

나는 앞장선다.

"저 간사한 놈 아닙니다."

강석주는 모른다. 우리 조선 말 '간사하다'의 참뜻을. 우리 조선에서는 '간사하다'와 '간사스럽다'의 뜻이 다르다. '간사하다'는 다정하다는 뜻이다.

눈이 뜨거워진다. 경찰서에 한번 갔다 왔다고 정신이 약해졌는가. 날 탓이다. 4월의 봄, 일요일 오후, 밝고 환한 거리. 남한 위정자들은 친일파가 많다더니 거리에는 온통 일본 꽃이다. 만개한 일제 꽃나무에 정신이 아찔해진다. 눈이 촉촉해진다. 가슴이 울렁거린다. 강석주의 간사한 태도 때문이 아니다. 연인들이 부러워서도 아니다. 4월의 봄날이 좋아서도 아니다. 항상 준비. 조선 땅에 제 나라 국화 씨를 마구 뿌린 일제의 만행 때문이다. 분하고 원통해서 자꾸만 눈물이 나려 한다. 나는 공화국 혁명 전사답게 눈물을 꾹 삼킨다.

집으로 돌아오니 황 사장이 두부 한 모와 인스턴트 순두부찌개를 내놓는다.

"고생했다. 두부부터 먹어."

"먹었습니다."

"두부 먹는 건 어떻게 알고?"

"그냥 두부집이 보이기에. 경찰서에서 나오자마자…… 혼자서…… 배가 고파서……."

묻지도 않았는데 답이 길어진다. 거짓말까지 보태면서. 얼굴이 화끈거린다. 나는 얼른 순두부찌개를 한 술 뜬다. 역시 남한 빨간 국물은 너무 달고 짜다. 특히 떡볶이, 순두부찌개가 그렇다. 나는 순두부찌개를 황 사장 앞으로 내민다.

"두부는 다 먹어야 돼. 건더기만 건져서 먹어."

나는 황 사장의 성의를 생각하여 순두부 건더기를 골라 먹고, 조선 인민을 생각하며 국물까지 다 먹는다. 장마당에서 국수를 먹었을 때 국물 조금만 남겨주시라요, 하고 애원하던 꽃제비가 떠오른다. 국물 한 숟가락도 남길 수 없다.

"남한에서는 옥에 갔다 오면 왜 두부를 먹습니까?"

"원래 우리 민족이 정월대보름에 복두부를 먹고 액막이를 하는 풍습이 있었대. 많이 먹고 액막이 해."

우리 민족. 우리가 '같은 민족'이라던 강석주의 말이 떠오른다. 전시에 나는 몸에 폭탄을 감고 남한 주요 시설물로 돌격해야 한다. 우리 민족, 같은 민족이라는 생각은 할 수 없다.

"변화가 있을 예정이야."

황 사장이 조심스럽게 말을 꺼낸다.

"예상하고 있습니다."

나는 김정택의 명령을 받고 남으로 왔고, 남한에 남았다. 김정택은 이제 반역자이다. 나는 곧 조국에서 귀환 명령을 받을 것이다. 어쩌면 연좌되어 관리소로 가게 될지도 모른다. 우리 가족은 어떻게 되었을까. 무사할까.

"가족은 괜찮아."

황 사장이 내 마음을 알아차린 듯 말한다. 나는 자리에서 일어난다.

"그동안 감사했습니다."

경례를 한다.

"일없다. 앉으라."

황 사장이 우리 조선 말투로 대꾸하면서 눈시울을 훔친다. 황 사장이 아직도 이 일을 하고 있다는 사실이 신기하다. 내 눈에는 마음은 정 많은 우리 조선 아저씨, 모습은 미제 물 많이 먹은 남한 아저씨로만 보인다.

월요일 아침이다. 내게는 외화를 벌어서 조금이라도 조국에 보태야 할 의무도 있다. 월급을 받아 공작금을 제하고 황 사장에게 넘기면 황 사장이 조선으로 보낸다. 내가 보낸 돈 일부는 식량이 되어 우리 가족에게 전달될 것이다.

나는 아무 일도 일어나지 않은 듯이, 자리에서 일어난다. 향 좋은 비누로 얼굴을 씻고, 보드레한 샴푸로 머리를 감는다. 뜨거운 바람이 화수분처럼 나오는 드라이어로 머리를 말린다. 옷장을 연다. 검은 재킷과 검은 바지, 회색 재킷과 회색 바지, 흰 셔츠 두 벌이 있다. 어제 거리에서 본 아가씨들이 눈앞에 어른거린다. 아가씨들의 블라우스가 하늘댄다. 하늘색, 분홍색, 노란색, 흰색. 나는 흰색 셔츠를 꺼낸다. 아가씨들의 치마가 하늘거린다. 꽃무늬 치마에서 꽃잎이 떨어진다. 바람에 꽃잎이 날린다. 그만. 항상 준비. 나는 회색 재킷과 회색 바지를 꺼낸다. 시장에서 산 검은 인조 가죽 가방을 매고, 신발장에 처음부터 있던 검은 구두를 신고 집을 나선다.

조용히 교무실로 들어와서 내 자리에 앉는다. 처음 출근할 때는 걱석걱석 걸어 들어와 안녕하세요, 퇴근할 때는 안녕히 계세요, 인사를 하고, 걱석걱석 걸어나갔는데 어느 순간 깨달았다. 다른 이들은 쥐처럼 조용히 출근했다가 조용히 퇴근한다는 사실을. 평소에도 다들 쥐 죽은 듯 조용히 지낸다. 고개를 숙이고 일만 한다. 학부모와 전화 통화를 할 때에도, 학생과 상담을 할 때에도 목소리가 잘 들리지 않는다. 어느 날, 교무실에는 자주 소리를 질러대는 교감 목소리와 거의 말을 하지 않는 내 목소리만 들린다는 사실을 깨달았다. 정말 쥐구멍에 들어가고 싶었다.

교사들이 좀 편해질 때가 있는데 교감이 출장을 갔을 때이다. 그때는 모여서 차도 마시고 대화도 나누곤 한다. 남한의 교감은 우리 조선의 부교장이자 당 세포 비서인 셈이다.

남한이 자유민주주의 국가라지만 직장 생활은 자유롭지 못하다. 근무시간 동안은 모두 철창에 갇힌 새 같다. 어쩌면 이 철창에서 제일 자유로운 사람은 나일지도 모르겠다. 남한 인민은 우리더러 수령의 노예, 당의 노예라고 하지만 내가 보기에 진짜 노예는 이들이다. 이들은 자본의 노예이다. 남한에서는 욕심 없는 사람이 가장 자유롭다.

남한 학교의 생활 총화

중간고사가 있었다. 나는 교과서로 학습한 내용을 출제했고, 교과서에 있는 답을 원했을 뿐인데 출제를 잘못했다고 학부모에게 민원을 받았다. 나는 남한 교사처럼 차분하게 응대했다. 수업시간에 배운 대로 부가의문문을 만들 때 don't you를 쓰면 정답 5점, right를 쓰면 3점이라고 하였다. 학부모는 본인이 미국에서 공부한, ○○대 영어영문학과 교수라고 했다. 미국에서는 right를 더 많이 쓴다며 5점으로 처리해야 한다고 주장했다. 이 학부모의 아들, 전교에서 유일하게 right라고 쓴 학생은 늘 수업시간에 학원 숙제를 한다. 내 설명은 아예 듣지 않는다. 나는 수업시간에 교사의 설명을 정확히 듣고 복습을 해서 don't you를 쓴 학생들이 있기 때문에 동일한 점수를 줄 수 없다고 하였다. 학부모는, 아이가 외고에 가야 되는데 영어는 무조건 A를 받아야 한다. 우리 아이가 외고에 가면 선생님도 좋지 않으냐, 공부 잘하는 아이는 학교에서 알아서 챙겨줘야 되지 않느냐, 라고 했다. 나는 원칙대로 할 뿐이라며 전화를 끊었다. 그 후 몇 번의 통화와 영어과 선생 간의 협의, 교감의 개입 끝에 그

학생은 5점을 받고, 나는 학업성적관리위원회에 소환되었다.

　학업성적관리위원회는 남한식 생활 총화 같다. 출제를 잘못한 선생은 자아비판을 한다. 조선 생활 총화 때보다는 약하게 한다. 나도 내 잘못에 대해 비판한다. 남한 사람처럼 적당히 한다. 위원이라는 선생도 한마디씩 한다. 선생들끼리는 같은 편이다. 다들 좋은 말로 위로해준다. 웬일인지 교감도 격려해준다. 하지만 마지막에 교장이 무거운 얼굴로 출제 오류는 있을 수 없는 일이라고 한다. 나는 학부모가 민원을 넣으면 무조건 들어줘야 되냐고 묻고 싶지만 참는다. 교장은 흥분해서 말까지 더듬는다. 책임을 지라고 한다. 엄한 목소리로 경위서를 제출하라고 한다.

　회의실을 나와서 내 자리에 돌아와 앉는다. 생활 총화를 할 때도 느끼지 못한 억울한 감정이 북받쳐 오른다. 택간이 심정*을 이해한다. 그리고 보니 억울한 감정도 남아 있다. 미제 승냥이에게 물어뜯기고 있는 남한 아이들에 대해 배울 때마다 느꼈던 감정이다. 물론 지금은 내가 학교에서 배운 남한은 허상이라는 사실을 안다. 하지만 미제 승냥이에게 물어뜯기고 있는 남한의 현실은 허상이 아니다.

　강석주가 메시지와 파일을 하나 보낸다.

　저도 작년에 썼어요. 날짜, 과목, 이름, 문제 바꾸시고 제출하세요. 힘내세요!

---

* '택간이'는 북한 영화에서 억울한 일을 당하는 인물이다. 북한에서는 억울한 심정을 표현할 때 '택간이 심정'이라고 한다..

힘이라면 사내 열댓은 거뜬히 해치울 수 있을 만큼 남아도는데 강석주의 힘내세요, 라는 말에 힘이 빠진다. 강석주의 간사함에 자꾸 약해진다. 강석주야말로 능력 있는 공작원 같다. 내 사상을 내 정신을 무너뜨리려고 내게 공작을 펼치고 있는 듯하다. 강석주가 메시지를 또 보낸다.

자, 이제 학급 자치 활동 준비하셔야죠?

노력 동원 같은 건가? 우리 조선에서 학생은 모내기, 나무 심기, 김매기, 낟알털기, 나무 열매 따기, 땔감 구하기 등에 동원된다. 5월이니 김매기를 하려나? 강석주가 보낸 학급 자치 활동 계획서 파일을 열어본다. 주말 캠핑? 아, 학교 지키기. 우리 조선에서는 밤이면 학교에 도둑이 많이 들어오기 때문에 반별로 돌아가며 학교를 지켰다. 학교 당직을 예상하며 계획서를 훑어본다. 훈련 같은 것도 있고, TV 프로그램 제목도 있고, 영화 시청도 있고, 캠프파이어도 있다. 캠프파이어 하니, 여름에 학교 마당 한가운데 유황불을 피워 놓고 이를 잡던 생각이 난다. 저학년 때에는 남자 여자 할 것 없이 옷을 벗고 모닥불 주위에 서서 이를 털어냈다. 군에 있을 때에는 눈이 오는 날이면 위생 사업을 했다. 옷을 밖에 널어 놓고 꽁꽁 얼린 다음 털어내면 이가 떨어졌다. 나는 남한이 싫다. 남한의 민주주의도, 자본주의도, 자본주의에 정신이 병든 사람도 싫다. 하지만 남한의 전기와 온수, 식량과 위생, 의약품은 부럽다. 남한 인민은 대부분 얼굴이 뽀얗고 피부가 좋고 덩치가 크고 몸과 옷이 깨끗하다.

"학급회의 하시고, 계획서 수정해서 기안 올리시면 돼요."

강석주가 말한다. 나는 강석주를 쳐다본다. 얼굴이 희다. 우리 조선 남성보다 키도, 덩치도 크다. 강석주에게서는 늘 좋은 냄새가 난다. 비누 향보다 샴푸 향보다 좋은 냄새가 난다.

"임해주 선생님?"

강석주의 음성은 듣기 좋다. 남한 두부처럼 부드럽고 따뜻하다.

"학급회의요? 선생님이 정하는 대로 하지 않습니까?"

"그럴 리가요."

북이나 남이나 같은 점이 있다. 조선의 학습회, 강연회, 생활 총화. 남한의 연수, 회의, 위원회. 조직은 개인을 결코 내버려두지 않는다. 남한에서도 월급을 받는 한, 하나는 전체를 위하여, 전체는 하나를 위하여 존재한다.

저 구름 흘러가는 곳

학교라서 안심했다. 긴장을 늦춘 채 벤치에 앉아 운동장을 바라보고 있었다. 우측 1미터 위험을 감지한 순간, 오른쪽 어깨 위로 총탄이 스쳐갔다. 붉은 물이 흰색 셔츠를 타고 흘러내린다. 8반 이현준이다. 우리 반 아이들이 나를 엄호하면서 내게 물총을 건넨다.

"쌤, 어서요."

나도? 그러고 보니 강석주도 물총을 들고 우리 반 아이들을 공격하고 있다. 붉은 물이 얼굴에 맞으면 죽는 게임이다. 아이들은 아무데나 맞히고 뺑소니치기만 반복할 뿐이다. 강석주는 실력은 없지만 키가 커서 유리하다. 강석주 때문에 우리 반 아이들의 얼굴에 붉은 물이 많이 든다. 내게 총을 건넨 우리 반 아이들이 재촉한다. 얼뜨기 반에게 질 수 없다. 총폭탄 정신으로 다 짓부숴주겠다고 다짐한다.

나는 총을 들고 8반 아이들과 강석주를 공격한다. 얼굴에 맞히는 건 재미없다. 보이는 족족 이마 정중앙을 조준한다. 빨간 물은 미간에 명중하고 콧대를 타고 흘러내린다. 게임은 내 승리로 너무 쉽게 끝난다. 우리 반 아이들이 내 이름을 부르며 환호한다. 달려와 내게 안긴다. 손바닥을 마주친다. 우리 반 아이들이 나를 보며 웃는다. 평소 한마디도 하지 않는 민경이도, 쉬는 시간에도 책만 보는 다은이도, 애꾸러기 무단결석생 현석이도, 수업시간에 잠만 자는 강우도 웃는다. 사고뭉치 우리 반이 이겼다.

"애들 게임인데 살살 좀 하시죠."

게임 전에 하얀 트레이닝복으로 갈아입은 강석주의 옷에 붉은 물줄기가 잔뜩 묻었다.

"이번에도 옷 안 갈아입으세요?"

강석주가 트레이닝복 점퍼를 벗으며 묻는다.

"안 젖었잖아요."

나는 팔을 벌려 멀쩡한 내 옷을 보여준다.

"이번엔 다를 텐데요."

"전 젖을 일 없습니다."

"그럴까요?"

강석주가 의미심장한 미소를 짓는다.

이번에는 물 폭탄이다. 이렇게 작은 풍선이 있는 줄은 몰랐다. 작은 풍선에 물을 가득 담아 공격하는 게임이다. 이기고 지는 규칙은 없다. 무조건 던지고 도망치면서 다 같이 젖자는 게임이다.

우리 조선에 있을 때 DMZ를 몰래 넘어가서 남한 물건을 하나씩 갖고 오는 훈련이 있었다. DMZ를 넘어간 곳은 빨간 글씨 구호만 걸려 있지 않을 뿐, 조선과 비슷한 시골이었다. 딱히 남한만의 특징이 드러나는 물건이 없었다. 나는 마을을 헤매다가 작은 점포 앞 자전거에 매달린 풍선을 가져갔다.

"살살 좀 하세요."

강석주가 눈치를 준다.

"이 옷 한 벌밖에 없는데 젖을 수는 없잖아요. 평소에는 친절하게 안내해주시는 분이 옷 준비하라는 소리는 왜 안 하셨습니까? 그리고 학급활동 옆 반이랑 안 해도 된다는 사실도 안 가르쳐주셨죠? 괜히 다른 선생님들한테 오해만 샀습니다."

강석주가 나를 보며 웃는다. 웃음이 화를 돋운다.

"임 선생님, 이렇게 말씀을 많이 하는 분이셨어요?"

나는 따지고 싶은 게 더 있지만 입을 다문다.

"반별 대항이 재밌잖아요."

강석주가 아이들을 부르며 자기 반으로 간다. 이번에도 총폭탄 정신으로 8반을 짓이겨주겠다고 다짐한다.

8반 전멸. 우리 반 아이들이 또 내 이름을 부르며 달려와 안긴다, 가 아니라 나를 향해 물폭탄을 던진다. 시작은 강석주였다. 내가 승리에 도취된 틈을 타 강석주가 내게 흰 물풍선을 던졌다. 물풍선이 아랫배에 맞고 터졌다. 이어 아이들이 물풍선을 던지기 시작했다. 나는 오는 족족 손으로 잡고 발로 쳐내고 몸을 움직여 피했다. 백 개, 천 개, 만 개를 던져도 다 상대해주리라.

"선생님 대 학생, 오케이?"

강석주가 내 곁으로 온다. 나는 오케이 안 했는데? 강석주를 노려본다. 강석주가 웃는다.

"같이 던지고 같이 맞아주세요."

강석주가 물풍선을 받아서 아이들에게 다시 던지고, 아이들도 우리를 향해 물풍선을 던진다. 나는 여전히 하나도 맞지 않는다. 공격에 내 몸이 반사적으로 움직일 뿐이다.

갑자기 머리 위로 물방울이 쏟아진다. 위에서 내게 물폭탄을 던질 강심장이 누구일까. 고개를 드는데 하늘이다. 하늘에서 소나기 폭탄이 떨어진다.

"에계. 젖으셨네요."

강석주가 즐거워한다. 역시 강석주와는 같은 편이 될 수 없다.

"좋아요. 전투입니다."

나는 7반 모여, 소리치고 강석주의 명치에 물풍선을 던진다. 7반 대 8반, 물풍선 전투를 한다. 소나기 폭탄에, 물풍선 폭탄에 전투는 점점 치열해진다. 아이들은 머리부터 발끝까지 홀딱 젖는다. 하지만 아이들이 웃는다. 진짜 웃음을 짓는다. 아이들은 소리를 지른다. 즐거워서 함성을 지른다. 아이들을 옥죄는 고삐도 코뚜레도 편자도 안장도 밧줄도 없다. 아이들은 자연이다. 본연의 모습으로 웃고 떠들고 뛰고 소리 지르고 던진다. 아이들은 즐거워한다. 제 심장을 가격하는 물풍선에도, 제 몸을 적시는 빗물에도 행복해한다. 아이들은 재미에 기쁨에 자유에 흠뻑 젖는다.

전투는 이긴 편도 진 편도 없이, 물 축제처럼 끝이 났다. 아이들은 미리 준비해 온 사복으로 갈아입고 체육관으로 모여든다. 나는 교무실로 돌아와 재킷을 벗고 선풍기에 옷과 머리를 말린다. 출근복이었던 면 티셔츠와 면바지로 갈아입은 강석주가 다가와 쇼핑백을 건넨다. 안에는 흰 트레이닝복이 한 벌 있다.

"두 벌을 샀는데 하나는 작네요."

강석주의 의도가 뻔히 보인다.

"고맙습니다."

강석주의 마음을 거절하지 않는다. 강석주의 눈이 동그래졌다가 가늘어진다. 눈가에 주름을 잡고 미소를 짓는다. 나는 고개를 숙이고 쇼핑백에서 옷을 꺼낸다.

옷을 갈아입고 체육관으로 간다. 아이들은 모둠별로 모여서 저녁식사를 준비하고 있다. 강석주가 학교 카드를 받아서 우리 반 고기와 채소까지 사와서 아이들에게 미리 나누어주었다. 조선에서는 노력 동원을 가도 우리 식량은 우리가 준비했는데 남한에서는 놀이를 해도 학교에서 음식을 준다. 결국 자본이 있어야 사회주의도 실현된다. 우리 조선에서도 장마당이 생겨나면서 자본주의가 발아하고 자라고 있다는 사실을 안다. 남한에서는 우리 조선 체제가 무너질 조짐이라고 하지만 틀렸다. 우리 조선 땅에서 자라는 자본주의 싹은 우리 조선을 사회주의 강성대국으로 만들어줄 기반이다. 하여 나는 남한의 학교 카드 따위는 부러워하지 않는다.

하지만 냄새의 유혹은 강하다. 소리의 유혹도 강하다. 세상에서 제일 맛있는 냄새가 세상에서 제일 맛있는 소리를 타고 춤을 춘다. 삼겹살이 기름에 지글지글 익어간다.

강석주는 모둠별로 돌아다니면서 고기 한 점씩을 집어 먹는다. 아이들이 준비해 온 인스턴트 밥까지 빼앗아서 쌈도 싸 먹는다. 얼뜨기 체신머리가 없다.

내 배에서 거지 소리가 난다. 굶주림에 단련된 몸인데 지금은 배가 고프다. 나는 강단에 앉아 가부좌를 튼다. 눈을 감고 호흡을 가다듬는다. 학창 시절, 농촌 동원은 고됐지만 밤이면 동무들과 콩닭게를 해 먹으면서 노는 즐거움이 있었다. 부잣집 동무들은 학교에 뇌물을 주거나 음식을 대고 농촌 동원을 빠졌다. 간혹 부잣집 동무가 참여할 때는 술을 가져오곤 했는데 한겨울 시베리아 칼바람보다 더 무서운 선생님도 그때만큼은 눈감아주셨다.

"선생님."

눈을 뜬다. 회장과 은지, 여학생들이 양손으로 접시와 그릇을 들고 와 음식을 차려 놓는다. 인스턴트 쌀밥, 구운 삼겹살, 상추, 김치, 쌈장이 있다.

"이건 선생님만 드세요."

은지가 인스턴트 순댓국을 내려놓는다.

"……고맙다."

눈시울이 뜨거워진다. 나는 얼른 고개를 숙이고 순댓국을 바라본다. 순댓국 하얀 김이 안경에 서려 내 눈을 가린다. 다행이다.

"오, 7반. 효녀들."

강석주가 온다.

"역시 여학생이 의리가 있다니까."

"쌤도 같이 드세요."

"고마워. 잘 먹을게. 너희 선생님은 순댓국을 정말 좋아하시나 보다. 순댓국에 얼굴 빠지시겠네."

"쌤이 주신 정보 덕분이에요."

아이들이 자기 모둠으로 돌아간다. 이제야 고개를 든다. 안경을 벗고 소매로 김을 닦는다.

"드세요."

음식을 바라만 보는데 목이 멘다. 침을 삼키고 고개를 든다. 아이들을 바라본다. 무질서하고 시끄럽다. 야단법석이다. 그런데 아이들이 예쁘다. 남한 아새끼들이 예쁘다. 버르장머리 없고, 생각 없고, 제멋대로 엉망진창인 이 아이들이 좋아진다. 이 도덕 없는 아새끼, 어여쁜 내 새끼들이 좋다. 항상 준비. 마음속으로 외쳐보지만 '준비'가 되지 않는다.

우리 반 아이들에게 속았다. 우리 반에 놀새 날라리가 이렇게 많을 줄 몰랐다. 본디 장기자랑은 아코디언 같은 악기를 연주하거나 노래를 하거나 만담을 하는데 우리 반 아이들은 네 명을 빼놓고는 모두 수정주의 날라리 음악에 맞추어 날라리 춤을 춘다. 혼자도 추고, 여럿이도 춘다. 평소 학습만 열심히 하는 줄 알았던 여학생도 텔레비전에 나오는 가수처럼 요상하게 춘다.

"임해주, 임해주!"

아이들이 장기자랑을 끝내고 내 이름을 부른다. 박수까지 친다. 나는 수정주의 날라리 노래와 춤은 미처 준비하지 못했다.

"강석주 선생님 먼저. 자, 박수!"

나는 수완 좋게 강석주에게 기회를 넘긴다. 강석주가 마다하지 않고 노래를 시작한다.

미칠 것 같아 기다림 내게 아직도 어려워

보이지 않는 네가 미웠어

참을 수밖에 내게 주어진 다른 길 없어

속삭여 불러보는 네 이름*

강석주가 미치든지 말든지 나는 마감을 장식할 노래를 생각한다. 남한 영화와 드라마는 봤지만 남한 노래는 가사에 주의하여 제대로 들어본 적이 없다.

언젠가 그대가 날 아무 말 없이 안아주겠죠

그댄 나를 아무 말 없이 안아주겠죠

그 품 안에 아주 오래도록

강석주가 부르는 노랫말이 내 귀에 꽂힌다. 강석주가 나를 본다. 강석주의 시선이 내 눈에 머문다. 가슴이 말랑해져 나는 강석주의 시선을 피한다.

박수갈채를 받으며 강석주가 노래를 끝낸다. 강석주가 나를 물끄러미 바라본다. 나는 비구름을 삼킨 듯 기분이 몽롱하고 촉촉하고 어수선해진다. 잃어버린 감정 하나가 되살아나는 듯하다. 무슨 감정인지는 모르겠다. 아버지도 강석주처럼 먹구름 짙은 눈빛으로 나를 바라보곤 했다. 강석주의 시선에 그때 느꼈던 감정이 일어난다. 그만. 항상 준비. 잘 되지 않는다. 나는 무시무시한 공개 처형 장면

---

* 이승열 작사·작곡 〈기다림〉.

을 떠올리고 감정을 추스른다.

"마이크 주세요."

나는 강석주에게 손을 내민다. 강석주가 마이크를 건네고, 아이들이 환호한다.

저 구름 흘러가는 곳
아득한 먼 그곳

갑자기 조용해진다. 모든 아이들이 내 노래에 집중한다. 나는 눈을 감는다. 내 입에서는 노래가 흐르고, 내 눈앞에서는 고향의 모습이 펼쳐진다.

그리움도 흘러가라
파아란 싹이 트고
꽃들은 곱게 피어
날 오라 부르네

27년 만에 진짜 내 고향을 마주한다. 텅 빈 아파트, 낡은 하모니카집, 빗물이 뚝뚝 듣는 지붕, 바람 불면 날아가는 비닐 창.

행복이 깃든 그곳에
그리움도 흘러가라

표정 없는 얼굴. 벌레가 얼굴을 파먹어도 쫓을 힘조차 없는 이들. 뼈만 남은 팔다리. 상처투성이 맨발. 한 입이라도 덜기 위해 풀뿌리조차 끊은 노인들. 아편에 중독된 어른과 아이들. 굶어서 튀어나온 볼록한 배.

저 구름 흘러가는 곳
이 가슴 붉게 불타는

배가 볼록한 소년은 배에 복수가 가득찬 채 죽어갔다. 소년이 죽고 배가 꺼지고 온몸의 구멍에서 액체가 흘러나왔다. 사람들은 시체를 거리에 던졌다. 시체가 더미가 되고 더미가 무덤이 되고 무덤이 산이 되었다.

영원한 나의 사랑
전할 곳 길은 멀어도

눈물이 나올 것 같다. 항상 준비! 오늘따라 구호가 잘 안 먹힌다.

즐거움이 넘치는 나라
산을 넘고 바다를 건너

나는 소학교에 다니고 있었다. 소년단에 입단하여 빨간 넥타이를 두르고 '항상 준비'가 되어 있었다. 반장인 나는 동무들을 줄 세우고 선생님을 따라 비행장 근처 광장으로 갔다. 광장에는 이미 중학생과 어른이 천여 명 넘게 모여 있었다. 광장 한가운데에는 나무 기둥 열 개가 서 있었다. 공개 처형장이었다. 원래 공개 처형은 중학생부터 보게 되어 있었다. 그날은 소학교에서 특별히 우리 반만 소집이 되었다. 키가 작은 아이들이라서 맨 앞줄에 자리를 내주었다.

죄수들이 입에 재갈을 물고, 눈에는 검은 천을 두르고 나왔다. 인민군이 죄수들을 나무 기둥에 묶었다. 나는 한눈에 알 수 있었다. 아버지였다. 아버지가 죄수들 가운데 있었다.

높은 간부가 '미제와 남조선의 간첩으로 공화국 정보를 빼돌리고 남조선 서적과 영상물을 조국에 유통한 반역자'라고 비판했다. 아버지는 그저 시를 쓰고, 시를 가르치는 교원이었다. 아버지가 좋아한 백석과 김소월은 우리 조선에서 태어났고, 윤동주의 조상도 우리 조선에서 살았다.

군중도 돌아가며 비판을 했다. 생활 총화 시간에 호상 비판을 잘하고 잘 듣는 나였지만 남들이 아버지를 비판하는 건 듣기가 어려웠다. 나는 귀를 막고 고개를 두리번거리며 어머니를 찾았다. 동희를 업고, 석철이의 손을 쥐고 어머니가 군중 대열 앞줄에 있었다. 어머니는 석철이를 돌려 세워 시야를 가리고는 온몸을 떨고 있었다. 나는 어머니를 부르지 못했다. 아버지도 부르지 못했다.

총을 든 인민군이 스무 명 넘게 나왔다. 탕, 탕, 탕, 탕, 탕, 탕, 수십 발의 총소리가 울렸다. 아버지의 머리에서 희고 붉은 덩어리가 터져 나왔다. 아버지는 고개를 떨구었다. 아버지의 가슴에서 무릎에서 핏물이 흘러나왔다. 아버지는 마지막 순간까지 대죄하는 죄인처럼 고개를 숙이고 한쪽 무릎을 굽힌 채 숨을 거두었다. 어머니가 석철이를 안고 바닥에 쓰러져 통곡했다. 인민군이 아버지를 허수아비처럼 말아서 차에 실었다. 아버지가 떠난 자리에는 고약한 냄새가 진동했다.

군중은 목석처럼 고개를 빳빳이 세우고 우리 아버지가 짐승처럼 죽어 사라지는 장면을 처음부터 끝까지 지켜보았다. 더러는 숨을 죽이고, 더러는 눈을 깜빡이고, 더러는 주먹을 쥐었지만 눈길을 돌리지 않았다. 박수를 치며 당과 원수님을 배반한 역도라고 소리치는 이도 있었다.

나는 총성이 울리자 손을 허벅지에 붙이고 위대한 아버지 수령님 동상처럼 한 치도 움직이지 않고 가만히 있었다. 떨지도 않았다. 울지도 않았다. 어머니도 아버지도 부르지 않았다. 내가 어머니, 아버지를 부르면 선생님과 동무들이 내가 반역자의 딸이라는 사실을 진짜 알게 될 것 같았다.

저 구름 흘러가는 곳
내 마음도 따라가라
그대를 만날 때까지
내 사랑도 흘러가라*

나는 울지 않고, 눈을 뜬다. 조용하다. 너무 조용하다. 아이들답

* 김용호 작사·김동진 작곡 〈저 구름 흘러가는 곳〉.

지 않다.

"갑분싸!"

이현준이 한마디한다. 아이들이 한마디씩 하기 시작한다.

"박수 박수!"

은지가 박수를 친다. 은지를 따라 아이들이 박수를 친다. 나는 은지를 바라본다. 은지가 엄지를 치켜든다. 나는 은지를 보며 새 임무를 떠올린다.

감정

아이들이 영화를 본다. 북조선과 남한이 공조하여 수사하는 이야기. 말도 안 된다. 황 사장이 재미있다며 추천해서 시작은 했지만 중간에 꺼버렸다. 현실감이 없다. 나라면 물에 젖은 두루마리 휴지 대신 맨손과 구두 굽으로 급소를 공격하겠다. 급소 몇 군데를 찌르고, 옷깃에 늘 달고 다니는 바늘로 제압하겠다.

'남남북녀'라더니 배우 동무 용모는 인정한다. 인민 배우 리영호보다 마음에 든다. 우리 조선에는 왜 저런 배우가 없을까. 쓸데없는 생각을 하며 맨 뒷자리를 지키는데 은지가 온다.

"쌤, 저 영화 말도 안 되죠?"

"재밌는데……."

"재미는 있는데 북한에 저렇게 잘생긴 사람이 어디 있어요? 비밀 간첩이라면 모를까?"

거짓 신분, 거짓말로 살고 있는 진짜 간첩이지만 '간첩'이라는 말에는 긴장이 된다. 나는 긴장을 감추고 적당히 반응한다.

"비밀 간첩?"

"원래 간첩은 인상을 깊게 남기지 않기 위해 평범한 외모를 뽑잖아요. 그런데 북한은 키와 인물, 출신 성분을 보고 뽑는대요."

웃음이 나온다. 우리 조선에도 저 배우 동무처럼 잘생긴 간첩은 없다.

"그러니?"

"선생님도 잘 아시잖아요."

무슨 뜻일까. 왜 내가 조선 간첩에 대해서 잘 안다고 생각할까?

"선생님이 북한 간첩까지 어떻게 아니?"

"선생님은 뭐든 잘 아시니까요."

은지가 어깨를 으쓱한다. 은지의 동공이 흔들린다. 은지와 눈을 맞춘다. 은지의 동공이 멈춘다. 은지의 동공은 거짓을 감추려는 듯, 내 동공만 응시한다.

공화국에서 김정택과 김정택의 딸 고은지를 데려오라는 명령을 받았다. 황 사장의 정보원은 김정택이 남한에 있다고 했다.

"국정원일까요?"

"정식 망명인지 밀입국인지는 아직 몰라. 고은지 앞에 김정택이 나타날 거야."

"은지는 그냥 내버려둬야죠."

내 목소리가 높아졌다. 황 사장이 나를 잠시 바라보았다. 나는 침만 삼켰다.

"그리고 김정택이 네 가족을 추방지에 내버려두고 있었대."

그래도 김정택을 믿었다. 양심이 있다면 우리 가족을 잘 돌봐주리라 생각했다.

"네 가족은 추방지에서 돌아와 혜산에 와 있어. 당에서 새 집도 주고, 잘 돌보고 있으니 걱정하지 말래. 네가 임무 마치고 돌아오면 대학도 보내주고, 네 동생들도 군대에 보내주겠대."

나는 은지를 보며 입을 연다.

"은지야, 저번에 뉴스에서 본 엄마라는 분……."

"선생님도 보셨죠? 우리 엄마 맞아요."

은지의 태도가 너무 침착해 나는 말을 잇지 못한다.

"중국에서 유학할 때 아버지를 만났대요. 그때 제가 태어났구요. 유학 끝나고 아버지와 헤어졌대요. 엄마랑 저만 한국으로 와서 살다가 엄마는 새아빠랑 재혼했어요. 저 초등학교 때 새아빠랑 헤어지고, 엄마는 중국에 일하러 간다고 했어요. 중국에서 잘 사는 줄 알았는데……."

은지 엄마는 중국에서 아빠를 다시 만났다며 함께 찍은 사진도 보내오고, 선물도 보내왔다. 중학교에 입학하기 전까지는 명절 때 한국에 오기도 했다.

"우리 엄마, 어떻게 되었을까요?"

나는 대답하지 못한다. 내가 은지 엄마를 본 지 한 해가 훌쩍 지났다. 은지 엄마는 월북하여 우리 부대에서 이남화 교육을 맡았다. 우리는 공 선생이라고 불렀는데 진짜 성은 '고'였다. 김정택과 가깝다고는 생각했지만 이런 사연이 있는 줄은 몰랐다. 아마 월북자인 공 선생이 복잡 군중이라 김정택은 공 선생과 결혼을 꺼렸을 것이다. 한 번도 써먹지는 않았지만 프랜차이즈 카페 메뉴와 프랜차이즈 카페에서 주문하는 법도 공 선생에게 배웠다.

"글쎄, 돌아가셨다면 가족에게 연락이 오지 않을까?"

월북자이니 북한 대사관에서 처리했을 것이다. 죽었다면 영원히 연락은 오지 않을 것이다.

"은지, 친아버지는 보고 싶지 않아?"

"저한테는 새아빠가 친아빠 같지만 보고 싶기는 해요. 하지만 북한 사람이잖아요."

"만약에 아버지가 와서 북한으로 가자고 하면?"

"북한 사람이 어떻게 와요?"

"망명 같은 거 할 수도 있지. 황장엽도 왔고, 작년에 태영호도 망명했잖아."

"대박! 우리 아버지 고위층이에요?"

"모르지. 뉴스에서는 그렇게 짐작하더라. 만약 아버지가 고위층이면 아버지 따라갈 거야?"

"아니요. 북한에서 어떻게 살아요? 그리고 뉴스에서 아버지 탈북했다면서요. 그럼 북한에 가서 우리 다 총살당하는 거 아니에요?"

"꼭 그렇지는 않을걸."

은지는 나를 가만히 본다. 나는 제 발이 저려 얼른 말을 잇는다.

"탈북민 유튜브 방송 같은 거 보니까 탈북했다가 돌아와도 살려준대. 가족들도 안 잡아가고……"

"그래도 북한은 싫어요. 독재 국가잖아요. 죄 없는 사람들도 잡아가서 고문한다면서요."

우리 조선 사람도 남한을 잘 모르지만 남한 사람도 우리 조선을 잘 모른다.

234

"고위층만 잘 살고 국민들은 다 굶어 죽는대요."

남한도 고위층과 돈주만 잘 산다. 우리 조선은 가난해서 빈부격차가 심하지만 남한은 부자이면서도 빈부격차가 우리보다 더 심한데…… 나는 말하지 못한다.

"은지는 '우리나라'에서 행복해?"

"선생님, 세상에서 제일 불쌍한 사람이 누군지 아세요?"

"누군데?"

"엄마 없는 애요."

은지의 SNS에 있던 '엄마 있는 아이는 보물이에요'라는 중국 노래 가사가 떠오른다.

"저는 아빠도 없는데 뭐가 행복하겠어요? 그냥 사는 거지. 할아버지도 있고, 친구들도 있고, 공부는 싫지만 학교 다니는 건 좋으니까요."

"은지는 참 행복하구나."

"왜요?"

"은지는 학교도 다닐 수 있고, 학교 다니는 일도 좋아하고……."

나도 학교 다니는 일이 좋아졌다.

"또 은지 아버지와 어머니는 은지를 사랑하셔서 은지가 보고 싶어서 은지와 함께 살고 싶어서 탈북하신 것 같아."

은지가 나를 가만히 쳐다본다. 은지의 시선이 내 가슴에 박힌다. 나는 은지의 시선과 침묵을 견딜 수 없어서 말을 덧붙인다.

"은지 곁에는 은지 걱정만 하시는 할아버지도 계시고, 은지를 좋아하는 강석주 선생님도 계시고, 나도……."

"선생님 저 좋아하세요?"

은지에게 감정이 생겨버렸다. 나는 대답하지 못한다. 나는 은지의 진짜 선생이 아니라 북한 간첩이니까. 나는 입술을 물고 고개만 끄덕인다.

"저도 선생님을 좋아해요."

나는 갑자기 목이 막혀 아무 말도 하지 못하고 은지를 바라만 본다. 은지가 내 팔을 잡는다. 은지의 얼굴에서 불안을 읽는다.

은지야, 선생님에 대해서 아는 사실이 있니? 나는 은지에게 차마 묻지 못한다.

"그러니까 선생님 아무 데도 가지 마시고 제 곁에 오래오래 계셔주세요."

무슨 소리 하는 거야? 선생님이 가긴 어딜 가? 라고 대답하지 못한다. 은지의 표정과 음성, 말에서 답을 읽었다.

은지는 내 제자이고, 김정택은 은지의 아버지이다. 김정택은 아버지와 가장 친한 벗이었다. 내게는 아버지 같은 은인이자 내 아버지를 죽게 한 원수이다. 김정택은 아버지와 함께 도강을 모의했지만 김정택은 아버지만의 도강 계획이라고 당에 보고했다. 장성택 라인이었던 김정택은 아버지에게 간첩 혐의를 씌우고 장성택 숙청에 아버지를 엮어 살아남았다. 당시 어린 나는 아무것도 몰랐고, 그저 우리 가족을 관리소에서 빼준다는 이유로 김정택을 아버지처럼 따르며 그가 시키는 일은 뭐든지 했다.

나는 조국의 명을 받들어야 한다. 임무에 개인 감정을 개입해서는 안 된다. 나는 공화국 인민군 상사이자 남파 공작원이다. 나는

'항상 준비'가 되어 있어야 한다. 나는 감정이 없다. 나는 만능 인간 병기이다. 나는 '항상 준비'가 되어 있다.

"선생님, 제가 만약 위험해지면 선생님은 절 도와주실 거죠?"

나는 마른침을 삼킨다.

"아니, 너는 네 스스로 지켜."

"어째 쌤이 요새 좀 착해졌다 했다."

"어이구, 어째 요새 은지가 좀 예의가 바르다고 했다."

나는 은지의 머리를 쥐어박으며 생각한다.

그래. 지켜줄게.

인민군 비밀 작전 특수 별동대 상사, 청천, 항상 준비!

눈물

일주일 동안 은지를 감시했지만 김정택은 나타나지 않는다. 전화
도 걸려오지 않는다. 문자도 오지 않는다. 학교를 그만두고 김정택
의 위치를 적극적으로 파악하라는 명을 받았다.

초록 잎이 무성한 5월이다. 오늘 마지막 출근을 한다. 학교에는
일주일 전에 통보했지만 아이들에게는 말하지 않았다. 아이들에게
는 말하지 않고 떠날 작정이다. 마지막 아침 조회를 준비하는데 은
지와 세웅이가 내려와 자꾸 말을 건다. 종이 쳤는데도 올라가지 않
는다. 나는 아이들과 어깨동무를 하고 교무실을 나가 계단을 오른
다. 아이들이 자꾸 시간을 끌며 걸음을 늦춘다.

"너네 오늘따라 이상하다. 교실에 무슨 일 있니?"

세웅이가 도망간다. 나는 은지를 따라 복도로 들어선다. 9반을
지나 8반을 지나 7반 우리 반 앞에 선다. 교실이 어둡다. 수상하다.
은지가 뒷문으로 안내한다. 더 수상하다. 이제 마지막인데 사고를
수습해줄 수가 없는데……. 나는 걱정하며 뒷문 앞에 선다.

뒷문이 열린다. 아이들이 박수를 치며 환호한다. 내가 떠나는 걸

아이들이 알아차렸나. 교실 앞을 본다. 칠판에 '스승의 날'이라고 색종이로 만든 글씨가 붙어 있다. 그 아래 감사합니다, 사랑해요, 고 맙습니다, 축하합니다, 와 같은 문구가 써 있고, 내 모습을 만화처럼 그려 놓았다. 스크린에서는 우리 반 아이들의 모습이 음악과 함께 지나간다. 2학년 7반 담임 교사, 임해주의 모습도 나온다. 청소하는 임해주, 교무실 책상에 앉아 있는 임해주, 복도를 걷는 임해주, 아이들과 이야기하는 임해주, 종례하는 임해주……. 핸드폰은 쉬는 시간에만 하라고 했는데 종례하는 모습은 언제 찍었는지…… 선생 말을 참 안 듣는 녀석들이다.

교탁 앞에는 회장이 촛불을 밝힌 케이크를 들고 있다. 불씨를 삼킨 듯 목이 뜨끔해진다. 학사 달력에서 '스승의 날'이라는 글자를 보고도 별도 메시지가 없어서 그냥 지나치고 말았는데 이런 날이었구나.

"어서요."

아이들의 재촉에 길고 넓고 붉은 종이로 만든 길을 걷는다. 길 양쪽에는 납작한 양초가 늘어서 있다.

교탁 앞에 서자 회장이 초를 불라고 한다. 나는 난생처음 케이크에 꽂힌 초를 분다. 초가 꺼지고 교실에 형광등이 들어온다.

스승의 은혜는 하늘 같아서
우러러볼수록 높아만 지네.

아이들이 노래를 부른다. 처음 듣는 노래이다. 아이들의 합창이

마디마디 가슴에 날아와 꽂힌다.

노래가 끝나고 아이들이 박수를 친다. 조용히 해봐, 쌤 울잖아, 라는 목소리가 들리고, 아이들이 침묵한다. 나는 몸을 돌리면서 말한다.

"울기는 누가 울어? 내가 울 사람이니?"

"에이."

아이들이 단체로 실망의 저음을 내뱉는다. 이 버르장머리 없는 태도가 귀여워 웃음이 난다.

"웃었다."

"쌤, 웃는 거 처음 봐요."

"울다가 웃으면……."

아이들이 마구 떠든다.

"안 울었다니까!"

내가 음성을 높이자 아이들은 순간 얼음이 된다. 나는 다시 웃는다. 소리 내어 큰 소리로. 입을 벌리고 환하게. 아이들도 웃는다. 나를 보며 활짝 피는 꽃 같다. 예상하지 못했다. 남한 학교에 핀 꽃들이 나를 울리고 웃길 줄은…….

아이들이 예쁘다. 고맙고 기특하다. 눈물이 난다. 항상 준비. 주먹을 쥔다. 그래도 눈물이 흐른다. 나는 눈을 찡그리고 뒤돌아선다. 잠시만 공화국 혁명 전사 임무를 유기한다. 내겐 우리 공화국과 위대한 령도자 동지뿐인데 조국과 원수님에 대한 충성심뿐인데 이 아이들에게 감정을 느낀다. 사랑이다.

나는 아이들을 향해 돌아서서 아이들과 눈을 맞추며 아이들에게 말한다.

"평소 선생님들 말씀이나 좀 잘 들어."

"네."

"밥 남기지 말고."

"네."

조회를 끝내는 종이 울린다. 아이들은 일어서지 않는다.

"고맙다."

나는 교실을 나온다.

감시자

내 방 책상 위에 못 보던 2G 핸드폰이 있었다. 김정택이라고 직감했다. 나는 2G 핸드폰을 품고 김정택의 연락을 기다리며 은지를 감시한다.

오늘 아침 은지는 화장을 어색하게 하고 집에서 나온다. 얼굴은 뽀얗고 입술은 빨갛다. 머리는 밝은 갈색으로 물들이고, 웨이브에 힘을 주었다. 교복 치마가 짧아졌다. 속옷만 겨우 가릴 정도이다. 아침식사를 안 했는지 편의점으로 간다. 삼각 김밥과 컵라면을 먹는다. 삼각 김밥은 데우지도 않는다. 친구들이 하나둘씩 편의점으로 들어온다. 아이들은 빵, 김밥, 핫바 등으로 식사를 한다. 은지는 식사를 하면서도 핸드폰에 몇 번이나 제 얼굴을 비춰본다. 식사를 끝내고 거울을 꺼내 외모를 점검하고 편의점을 나선다. 종 치기 4분 전이다. 친구들과 깔깔대며 학교를 향해 뛰기 시작한다. 또 지각이다. 교감이 문을 잠근다. 아이들이 잠긴 철문 앞에서 소리친다. 아이들은 학교 담장을 돌아서 후문으로 간다. 은지도 욕을 뱉으며 간다.

한밤에 김정택에게 연락이 온다. 닷새 후 은지를 데리고 모처로 오라고 한다.

"전 조국의 명만 따릅니다."

"너도 내 딸이다."

김정택의 음성이 진심으로 들린다. 언제나 그랬듯이 연기이다. 은지를 데리고 제3국으로 망명하자고 한다.

"반역자 아버지는 더 이상 필요 없습니다."

"내가 나왔는데 너라고 무사할 것 같아?"

김정택의 말투가 협박조로 바뀐다. 드디어 진심이 나온다.

"내가 조국을 버리지 않으면 조국은 나를 버리지 않습니다."

김정택은 죄가 많다. 조국은 죄 많은 김정택에게 대가를 치르라고 했고, 김정택은 조국의 정당한 심판이 두려워 조국을 버렸다. 반민족 역도일 뿐이다. 나는 김정택과 다르다. 우리 조선에서 조국에 충성한 자는 영웅이다. 공화국이 건국되고 애국열사, 항일투쟁가, 그 가족, 유가족까지 모두 특별 군중이 되었다.

"너 우리 은지 좋아하잖아. 은지를 여기 두면 그들이 은지를 가만둘 것 같아?"

"전 은지에게 아무 감정이 없습니다. 감정 없는 병기로 만드신 분이 동무 아닙니까?"

나는 '동지' 대신에 '동무'라는 단어를 사용한다. 김정택은 다시 말투를 바꾼다. 부탁한다. 애원한다. 우리가 먼저 자리를 잡으면 우리 가족까지 데려올 수 있다, 라고 한다. 나는 도강한 조선 인민이 남한에서 잘 정착하지 못하고 제3국으로 가거나 조국으로 돌아가거나 실의와 좌절에 빠져 살아가는 모습을 봐왔다. 남한 사회에 잘 정착한 인민도 고향을 얼마나 그리워하는지 잘 안다.

나는 이곳에 와서 우리 조선 사람은 우리 조선에서 가장 행복할 수 있다는 사실을 뼈에 사무치게 깨달았다. 의식주와 안전만 보장된다면. 내가 김정택을 데리고 돌아가면 우리 가족은 의식주와 안전을 보장받는다. 김정택을 반드시 데리고 가리라 결심한다. 김정택에게 생각해보겠다고 하고 전화를 끊는다.

황 사장이 문을 두드린다. 나는 밖으로 나간다. 황 사장이 담배를 입에 물며 평상에 앉는다.

"작전국에서 김정택이랑 너 잡으러 내려왔다. 네가 김정택 안 잡으면 이제 너까지 죽어."

"통화 들으셨지요?"

내 방과 내 전화기에는 도청 장치가 있고, 황 사장이 내 방과 내 전화기를 도청한다는 사실을 알고 있다. 그래서 도청 장치가 없는 김정택의 전화를 일부러 방에서 받았다.

"유인해서 잡아가겠습니다. 조국에서 제대로 심판받게 하겠습니다."

나는 아버지를 죽음으로 몰아넣은 김정택의 죄까지 벌주게 할 작정이다.

"배편 되는 대로 가겠습니다. 준비해주십시오."

황 사장이 담배에 불을 붙이고 입에 문다. 나는 그 모습을 물끄러미 바라본다. 나는 황 사장이 풍족하고 안전하고 행복하게 지내길 바란다. 황 사장에게 '정'이라는 감정이 들었다.

황 사장이 담배 하나를 꺼내 불을 붙여 내게 건넨다. 나는 거절하지 않는다. 담배를 한 모금 빨고 내뱉는다. 옥수수 속대처럼 떫고 쌉쓸한 맛이다.

목구멍 씨앗

목구멍에 씨앗이 걸린 듯하다. 나는 욕실로 가서 구토를 한다. 노란 물 외에 아무것도 나오지 않는다. 책상으로 돌아와 앉는다. 계획을 정리한다. 내가 할 일은 김정택을 해안에서 만나 배에 태우는 것. 김정택을 포박하고 나도 안내조와 함께 남포로 들어간다. 내겐 무척 쉬운 일이다. 한 명이니 꼬리를 밟힐 염려도 없다. 이번에는 실패하지 않는다.

또 헛기침을 한다. 여전히 목구멍에 씨앗이 걸린 듯하다. 조국으로 고향으로 돌아가면 나을 테다.

서랍에서 3G 핸드폰을 꺼낸다. 오랜만에 전원을 켜본다. 메시지가 쏟아진다. 우리 반 아이들, 아니 남한 아이들이다. 아니 남한이 해방되면 같이 살, 우리 조선 아이들이다.

은지의 문자가 제일 많다.

쌤, 뭐예요? 말도 없이.
쌤 전화 왜 안 받아요.

쌤, 정말 이러기예요?

쌤, 실망이에요.

은지의 표정이 그려진다. 은지의 목소리도 들린다.

내 목구멍에 걸린 씨앗이 너였구나. 은지의 원망 문자 끝에 '쌤, 낯선 아저씨가 친아버지에 대해 물었어요.'라는 문장이 보인다. 나는 자리에서 일어난다.

놀이터에서 은지를 기다리며 '낯선 남자'의 정체를 생각한다. 작전국일까. 국정원일까. 누구일까. 어디일까. 쌤, 하는 은지의 목소리가 들린다. 나는 그네에서 일어난다.

"아, 뭐예요?"

은지가 소리친다. 나는 주변을 살피며 은지를 데리고 벤치로 가서 앉는다. 당시 상황을 물어본다.

"낯선 사람이 뉴스에서 본 친아버지 사진을 보여주면서 아는 사람이냐고 물었어요. 모른다고 했어요."

인상착의를 묻는다. 은지의 답을 들으니 2015년 나와 함께 보안 전문가를 데리러 내려왔던, 안내조 2호, 11번이 떠오른다. 11번 람태식은 살아 있을 줄 알았다. 나와 함께 별동대 훈련에서 살아남은 자이다.

나는 은지에게 계속 아버지를 모른 척하라고, 낯선 사람을 조심하라고, 낯선 사람을 따라가지 말라고, 혼자 다니지 말라고 주의를 준다. 은지가 내 말은 건성으로 듣고 내 팔을 잡는다.

247

"쌤, 돌아가요?"

"응?"

"이제 고향으로 돌아가요?"

역시 은지는 알고 있었다. 은지는 나를 잘 알고 있었다. 나는 고개를 끄덕이지 못한다.

"그럼, 이제 다시는 못 봐요? 통일돼야 만날 수 있어요?"

은지가 눈물을 떨어뜨린다.

"고은지, 간첩 신고는 111, 113 몰라?"

"간첩은 사람 죽이고, 시설 폭파하고, 무서운 짓 하는 사람이잖아요. 쌤은 좋은 사람이잖아요. 우리 쌤이구요."

이 겁대가리 없는 계집애 때문에 목구멍 씨앗이 한동안 내려갈 것 같지 않다.

"은지…… 언제 알았니?"

"놀이공원에서 엄마와 친아버지라는 사람을 보는 쌤의 눈빛이 특별했어요. 잘 아는 사람을 보는 눈빛 같았어요. 쌤을 유심히 봤는데 다른 선생님과 묘하게 달랐어요. 그래서 학급 활동 때 쌤한테 북한 간첩 이야기를 꺼냈어요."

그날 나는 은지의 의심을 알아차렸으면서도 은지의 의심을 잠재우지 못했다.

"쌤, 우리 친아버지라는 사람 잘 알죠?"

나는 더 이상 거짓말을 하지 못하고 고개를 끄덕인다.

"어떤 사람이에요?"

"은지를 많이 보고 싶어 하셔. 은지랑 엄마랑 함께 살려고 탈북하셨대. 은지를 매우 사랑하셔."

"친아버지 한 번만 만나게 해주시면 안 돼요?"

은지가 내 팔을 붙잡는다. 은지의 작은 손에 나는 무력해진다. 숨을 한번 삼킨다. 항상 준비.

"안 돼."

나는 김정택만 데리고 우리 조선으로 돌아갈 계획이다.

"위험해서……."

은지가 은지답지 않게 기가 죽어서 고개를 떨구며 말을 잇지 못한다.

"은지야. 기억해. 은지는 행복한 아이야. 은지를 사랑하는 사람이 많잖아. 또 은지는 학교 다니는 것도 좋다고 했잖아. 좋아하는 일을 매일 하면서 사는 사람은 많지 않아."

"선생님은 지금 하는 일을 좋아하세요?"

고은지. 이 아이는 내 말문을 자주 막는다.

"나는…… 은지를 만나서 좋았어."

"제가 선생님을 붙잡으면 안 되죠?"

나는 고개를 떨구고, 은지는 눈물방울을 떨군다. 은지와도 이제 마지막이다.

"은지야. 우리 놀러 갈까?"

은지가 눈을 크게 뜬다.

"인천 차이나타운 가봤어?"

임무를 위해서가 아니라 은지를 위해. 나는 처음이자 마지막으로 내 시간과 노력을 쓰려 한다.

정체

    방에 누군가 있다. 실루엣이 황 사장이 아니다. 황 사장이라면 불을 꺼놓고 움직일 리도 없다. 날 잡으러 왔다는 작전국 저승사자인가. 나는 제대로 설명하기 위해 번호키를 누르고 손을 든다. 문이 열린다.

    배편 준비되면, 이라고 말하려는데 저승사자가 문을 열어젖히고 튄다. 나는 저승사자의 목을 끌어당기고 문을 잠근다. 저승사자는 나를 치고 도망가려 한다. 나는 저승사자를 다시 붙잡고, 확인하기 위해 불을 켜려 한다. 저승사자가 나를 막는다. 나는 저승사자와 몇 합을 겨루고 창가 빛에 저승사자의 얼굴을 비추어 본다. 저승사자가 빛을 피한다. 어둠 속에서 그의 눈빛이 반짝거린다. 저승사자가 문을 열고 도망간다. 나는 더 이상 저승사자를 붙잡지 않는다. 익숙한 눈빛, 익숙한 실루엣이다.

    은지를 서울역에서 만난다. 은지의 입술이 또 빨갛다.
    "야, 화장 좀."

"쌤도 화장 좀."

은지가 입술에 바르는 스펀지 솔을 꺼내서 내 입술에 바르고 거울을 보여준다.

"예쁘죠?"

"안 해도 예쁘거든?"

"누구요? 저요?"

은지와 나는 평범한 남한 사람처럼 대화를 주고받으며 1호선을 탄다. 은지가 맛집을 검색해왔다며 핸드폰을 보여준다. 김정택이 놓고 간 대포폰이 울린다.

"아버지가 너 목 빠지게 기다리나 보다."

나는 대포폰을 연다. 저장되지 않은 번호. 하지만 머리가 기억하는 번호. 강석주이다.

"강석주 쌤한테 말했어?"

"아니요."

나는 잠시 생각하다가 전화를 받는다.

"여보세요."

"은지만 보내고 내려요."

"네?"

"지금 은지랑 차이나타운 가서 김정택 만날 거잖아요. 은지만 보내고, 임해주 당신은 내리라고요."

머릿속에서 거미줄이 엉킨다. 강석주는 내 거미줄에 걸릴 대상이 아니다.

"왜……?"

251

"김정택이 당신 뒤통수 쳤어. 김정택하고 국정원이 당신 잡겠다고 기다리고 있다고. 다음 역에 내려서 공중전화로 나한테 전화해요."

김정택이 옳았다. 감정은 독이다. 김정택에게 감정을 내주지 말았어야 했다.

"은지야, 이거 아버지랑 통화할 수 있는 전화기야. 꺼냈다가 차이 나타운 입구에서 아버지한테 전화할래?"

김정택과 우리의 안전을 대비해서 정확한 장소는 정하지 않았다. 나는 김정택을 몇 번 움직이면서 감시할 작정이었다.

"쌤은요?"

"미안⋯⋯."

"못 가요?"

나는 입술을 깨물고 고개를 끄덕인다.

"고향에서 빨리 오라네."

"선생님⋯⋯."

은지의 눈이 촉촉해진다. 나는 고개를 흔들며 울지 말라고 신호를 보낸다. 지하철 스피커에서 하차 안내 방송이 나온다.

"우리 은지 오늘 예쁘다. 아버지 잘 만나."

나는 은지의 손을 잡았다가 지하철에서 내린다. 항상 준비. 항상 준비. 항상 준비. 몇 번을 되뇌어도 눈물을 멈출 수 없다.

국립중앙박물관은 처음이다. 우리 조선에서 배우는 역사와 남한에서 배우는 역사는 다르다. 특히 근현대사. 조선 역사의 끝에는 늘 위대하신 수령 동지가 계신다. 대원수님은 영원히 우리의 아버지요, 경애하는 수령 동지로 우리의 가슴에 남아 있다. 우리는 그분의 아드님, 그 아드님의 아드님을 경애하고, 그 아드님의 아드님의 아드님이 경애하는 최고 존엄이 되어 우리 아이들을 보듬어주시리라 믿는다.

남한에서 학습하던 시절, 남한 역사도 공부했다. 친미사대주의자가 대통령이 되고, 친일파가 섬나라 제국주의에 이어 그대로 관료가 된 정부. 역대 대통령을 독재자라고 비난하면서도 그 딸을 대통령으로 선택하는 국민. 하지만 남한 역사의 끝에는 희망이 있다. 친일 반민족 반통일주의자를 반대하며 동학 운동과 항일 투쟁 정신을 계승한 '민중'이라 하는 인민이 총검 없이 끊임없이 투쟁한다. '바람보다 먼저 일어나고, 바람보다 먼저 웃는 풀'*처럼. 그리고 올해 봄 나는 인민의 승리를 보았다. 인민이 원하는 사람이 대통령이 되었다. 남한의 민주주의는 착하지만 약하지도 하찮지도 않았다.

투표율 백 퍼센트, 찬성률 백 퍼센트를 자랑하는 우리 조국이건만 나는 올봄을 보내면서 남한에 왠지 모를 자격지심을 느낀다. 그만. 항상 준비. 고난의 행군을 거치고 자력갱생하는 우리 조선 인민들에게 미안해진다. 불철주야 인민을 위해 애쓰시는 원수님께도 송구하다. 내 충성심을 반성한다.

박물관 계단참에 강석주가 있다. 강석주가 연락해오리라 예상했다. 하지만 오늘 같은 연락일 줄은 몰랐다. 그는 처음부터 내 존재

---

* 김수영의 시 「풀」에서.
.

를 알고 있었다. 배신감과 서운함이 든다. 강석주는, 강석주만은 영원히 얼뜨기 강석주였으면 좋겠다고 생각했다. 내가 남한 얼뜨기를 진심으로 신뢰한 모양이다. 좋아한 모양이다. 감정의 부작용이다. 감정이 생기니 생각은 더 많아지고 머릿속은 더 더 복잡해진다. 항상 준비. 마음 줄을 팽팽하게 당긴다.

"강석주 선생, 이리 마음이 약해서 간첩 잡겠습니까? 국정원이 사람 볼 줄 모르네."

"어떻게 알았습니까?"

어젯밤 익숙한 실루엣. 어둠 속에서 빛나던 눈빛. 그리고 그날 밤 요트 위에서 내 손을 잡고 나를 구하려 애쓰던 눈빛을 나는 잊지 못한다. 그날 밤 그 눈빛에서 나는 내가 승리했다고 자신했다.

"강 선생은 스파이질 하기에는 감정이 너무 많습니다. 그냥 선생 하십시오. 강 선생에게 제일 잘 어울리는 일입니다."

"당신도 그래요. 다 숨겨도 본성은 숨길 수 없죠. 따뜻하고 다감한 사람이죠. 자수하세요. 제가 도와드리겠습니다."

"자결을 하면 했지 자수는 안 합니다."

"그럼 여기는 왜 왔습니까? 내가 국정원 요원이라는 사실을 알면서요."

오늘 일이 고마워서 마지막으로 얼뜨기 얼굴이나 한번 보고 떠나고 싶어서, 라고 대답하지 않는다.

"기회는 오늘뿐입니다. 부탁이에요. 자수하세요."

"기회는 오늘뿐이야. 지금 체포해."

나는 손목을 내밀며 허세를 부린다.

"다음에 만나면 내가 당신을 반드시 체포하겠습니다."

우리는 너무 멀리 왔다. 너와 나 사이에는 '정'이라는 지독하고 몹쓸 감정이 들어버렸다. 너보다 강인한 나도 어젯밤 너를 다치게 하지 못했다. 너는 내 손목 한쪽에 수갑조차 채우지 못하리라.

"꼭 그렇게 해보시라요."

나는 우리 조선 억양을 쓰며 세고 강한 척을 한다.

"오늘은 강 선생, 먼저 가시라요. 나는 아랫동네 뜨기 전에 박물관이나 구경하갔습니다."

나는 박물관을 바라본다. 조선의 역사를 품은 건축물은 북과 남이 어떻게 흘러가는지도 모르고 너무 태평하고 안일하게 서 있다. 나는 흰 바탕에 빨간 글씨 구호가 걸린 우리 조선의 건물을 떠올린다. 나는 건물에 손가락질을 한다.

"이게 뭐야? 이게? 사상이고 정신이 없어."

"감정 억제 훈련 받았을 텐데 눈빛이 감정을 못 숨기는군요. 북한도 사람 잘못 보냈습니다."

강석주가 뒤돌아서서 간다. 그의 어깨가 당당하다. 부끄럽다. 강석주에게 내 두려움을 들켰다.

내 길

나는 도망자 신세가 되어 두 달을 버틴다. 바닷가에서 일을 해주면서 생계를 유지하고 기회를 기다린다. 김정택을 반드시 내 손으로 처단할 생각이다.

남한 어촌 사람은 서울 사람과 많이 다르다. 한 마을 이웃집 밥숟가락 개수까지 다 아는 우리 조선 사람과 닮아 있다. 내게 관심이 많고 인정을 보인다. 굶주림, 탈북, 북송, 감옥살이, 중국에서 당한 인신매매, 죽을 고비를 여러 번 넘기고 대한민국에 왔다는 나의 거짓 역사에 마음 아파하고, 나를 도와주려 한다. 나는 이 사람들과는 '정'들지 않으려고 온 마음을 붙잡고 사나흘마다 위치를 옮긴다.

황 사장이 나를 보러 왔다. 우리는 사람도 짐승도 없는 곳에서 만난다. 황 사장은 김정택의 현재 위치를 알려준다. 합신 센터에 있다가 안가로 옮겼다고 한다. 김정택은 국정원에게 공화국 주요 정보는 물론, 남파 공작원 정보까지 넘기고 자기 안위를 보장받았다고 한다.

"모레, 건강검진이 있어. 밖으로 기어나올 거야. 꼭 김정택이 죽이고 돌아가. 대학도 가고 입당도 하고 네 아버지 한도 풀어주고 영웅 대접받으며 살아. 너는 그렇게 해."

"황 사장님은요?"

"나는 너 지원 끝나면 자수할 거야."

"자수해도 괜찮습니까?"

"조선에 계신 부모님은 몇 년 전에 돌아가셨어. 형제들이 있지만……."

황 사장은 숨을 삼킨다.

"감시는 심해지겠지만 죽이지는 않으니까……."

사랑 때문이다. 나는 황 사장이 부인과 아들을 사랑해서 자수를 결심한 걸 안다.

"우리 조선 남자들 겉으로는 안사람에게 무뚝뚝하고 막 대하지만 속정은 깊잖아. 여자를 만나는 순간, 끝까지 지켜주겠다고 다짐하지."

순간 다정하고 여성을 배려하고 존중하면서도 속정이 깊은 강석주를 떠올린다.

"요즘 아새끼들은 안 그렇습니다. 남한 드라마 보면서 좋은 점은 안 배우고 나쁜 짓만 배웠지 뭡니까?"

"동무, 남한 드라마에 좋은 점도 있어? 우리끼리라도 호상 비판을 해야 됐어."

황 사장의 농담에 나는 웃지 못한다. 남한에 좋은 것들이 너무 많다. 너무 많아서 마음이 아프다. 좋은 것들이 너무 많지만 마음은 조금 아프다. 아니, 좋은 것들이 조금 있고 마음도 조금 아플 뿐이다.

"황 사장님 결정은 제가 옳다, 그르다 판단할 수 없습니다."

나는 황 사장이 건네준 장비를 품에 넣는다. 잠시 황 사장을 보다가 몸을 낮추고 인사를 한다.

"임 선생, 그런데 내가……."

황 사장이 비 맞은 강아지마냥 애처로운 표정을 짓는다. 이런 사람이 어떻게 20여 년 고정 간첩 임무를 성공적으로 처리했는지 모르겠다.

"상좌 동지가 아니라 상사 동무인 사실 알고 있습니다."

오래전에 알아차렸다. 우리 조선에서도 돈과 권력 없이는 되는 일이 없고, 돈과 권력이면 안 되는 일이 없다. 권력이 있거나 돈이 있으면 아랫동네에 간첩으로 내려오지 않는다.

"미안합니다."

황 사장이 고개를 숙인다.

"그동안 고마웠습니다, 황 동지."

나는 상좌에게 하듯 경례하고 자리를 뜬다.

황 사장과 나는 마지막이다. 공작원에게 이별은 작전 수행의 한 단계일 뿐이다. 작전이 끝나서, 작전조가 바뀌어서, 사라져서, 행방이 묘연해져서, 다쳐서, 죽어서 또는 죽여서 숱하게 이별한다. 그런데 이번 이별은 버겁다. 나는 앞만 보고 걷는다. 황 사장이 자리를 뜨지 않고 나를 바라보는 것을 알지만 나는 뒤돌아보지 않는다. 나는 공작원이고 내게는 앞으로 나아가야 할 길만 있기에. 항상 준비.

새벽 4시. 김정택이 머무는 안가 근처에 도착한다. 주택가 골목 첫 번째 집이다. 2층짜리 단독 안가 앞에 경찰 초소가 있다. 경찰만 보일 뿐 국정원 양복쟁이는 안 보인다. 양복쟁이는 집 안에 있겠지. 나는 옆 골목으로 들어가 두 집을 넘는다. 안가 앞집에 도착한다. 옥상에 올라가 김정택이 머무는 집을 살핀다. 1층에는 불빛이 있지만 블라인드로 가려 있어 내부를 볼 수 없다. 뜰에는 아무도 없다. 내게는 총과 독침이 있다. 황 사장은 골목에 오토바이를 대놓고 있을 테니 가급적 총을 쓰고 좀 전에 넘어온 집을 이용해 재빨리 골목으로 나오라고 했다. 내 탈출 경로를 준비해 놓았다고 했다. 나는 그리 하겠노라고 대답했다.

내 안전을 위해 원거리 사격이 더 유리하지만 경호원이 많을 경우 실패할 확률이 높다. 나는 다른 계획을 세운다. 이 집 대문으로 나가 요원들을 제압하고 김정택에게 접근해서 독침을 꽂는다. 독침은 김정남 암살에 쓰인 브롬화네오스티그민이다. 성공은 검증되었다. 만약, 근접에 실패하면 총으로 제거한다. 황 사장의 오토바이를 타고 도주하지는 않는다. 나는 그 자리에서 자결한다. 내 도주를 돕다가 황 사장도 체포될 수 있다.

어스름이 걷힌다. 서울에서 마지막 아침을 맞는다. 안가를 감시한다. 아침 7시에 승용차가 도착한다. 자본주의 남한은 노동 근무 시간을 잘 지키지 않는다. 북조선 빨갱이 새끼가 뭐라고 승용차가 세 대나 왔다. 한 차에 두 명씩 타고 있다. 총 여섯 명. 안가 내부 예상 인원 두 명. 총 여덟 명. 총을 쓰지 않고 한 명에 3초씩. 내 방에 침입한 강석주의 실력을 떠올린다. 한 명에 20초씩, 총 160초 너무 길다. 90초 안에 끝내야 한다.

계획을 변경한다. 한 층 내려가 이 집 2층 계단에서 총을 쏜다. 사격 거리가 가까워서 실패할 확률이 적다. 김정택의 머리와 심장을 정확히 저격한다. 실패를 대비하여 대문으로 나가 김정택을 사살한다.

양복쟁이 하나가 초인종을 누른다. 잠시 후, 현관문이 열리고 요원 1, 김정택, 요원 2가 차례로 나온다. 나는 2층으로 이동하다가 멈춘다. 숨이 멎는다.

"아버지!"

은지다. 은지가 김정택을 아버지라고 부르면서 달려 나와 김정택의 손을 잡는다. 은지가 웃는다. 활짝 웃는다. 은지의 발이 러시아 발레를 하듯 가볍다. 아기 사슴이 물을 마시고 기분이 좋아 폴짝폴짝 뛰는 듯하다.

우리 은지, 아버지 만나서 행복하구나.

아기 사슴의 목소리가 들린다.

"여우, 오리, 망아지, 토끼, 노루, 소, 당나귀만 있는데 왜 책 이름은 '사슴'이야요?"

사슴 아버지의 음성이 들린다.

"제목만 보지 말고 시를 읽으면서 '사슴'이 있는지 없는지 찾아보라."

궁금한 점투성이인 아기 사슴이 아버지에게 또 묻는다.

"산 너머 남촌에는 뭐가 있어요?"

"진달래 향기, 보리 내음새, 금잔디 너른 벌, 호랑나비 떼가 있지."

"또 뭐가 있어요?"

"버들밭, 실개천 종달새 노래, 배나무가 있지."*

"또요, 또 뭐가 있어요?"

"가장 좋고 귀한 선물이 있지."

"그거이 뭐야요?"

"네가 남촌에 가게 되면 직접 알아보라."

자유, 자유였어요? 아버지?

나는 숨을 토한다. 딸과 살려고 남한으로 망명한 은지 아버지, 딸을 버리고 남한으로 망명하려 한 내 아버지. 둘 다 한심한 반역자일 뿐이다.

총성이 울린다. 김정택이 가슴에 총을 맞고 차 안으로 미끄러진다. 김정택과 나를 잡으러 온 저승사자가 있다고 했다.

안 돼. 은지가 보는 데서는 안 된다. 은지에게 나처럼 트라우마를 겪게 해서는 안 된다. 나는 옥상에서 2층으로, 2층에서 1층으로 뛰어내린다. 대문을 열고 나간다. 웃으며 내게 다가오는 저승사자 너머 은지를 찾는다. 차 안에서 은지가 아버지를 부르며 운다. 순간, 목이 따끔거린다. 내 목에 독침이 꽂힌다. 총성이 울린다. 저승사자 람태식이 다리에 총을 맞고 무릎을 꿇는다. 람태식이 독침을 들고 내 심장을 겨냥한다. 총성이 울린다. 람태식이 손에 총을 맞고 비명을 지른다. 총구 끝에 강석주가 보인다.

너 차에도 없고, 집 안에도 없었잖아. 내가 몇 번을 확인했는데

* 김동환의 시 「산 너머 남촌에는」에서.

261

어디서 왔니? 아직도 몰래 나 따라다니니? 언제부터 나를 지켜봤니?

온몸이 노곤하다. 경찰서 앞에서 나를 기다리던 강석주의 모습이 보인다. 그날 강석주가 나를 데리러 와서 나를 기다려주어서 나는 참 좋았다. 현기증이 난다. 눈앞이 흐려진다. 강석주의 모습이 사라진다. 나는 바닥으로 쓰러진다. 땅속 깊이 가라앉는다. 강석주가 내게 달려온다.

얼뜨기, 이제 보니 멀쩡하다야.

피로가 몰려온다.

달리기도 잘하고…….

시야가 좁아진다.

총질도 잘하고…….

호흡이 느려진다.

쓸 만하네.

나는 눈을 감는다.

에필로그

*

나는 국정원 요원으로서 간첩 임해주를 심문한다.

"임해주 씨, 전향하십시오."

"싫습니다."

"그럼 김정택은 왜 죽이지 못했습니까?"

"안 죽인 겁니다."

"은지 때문입니까?"

임해주는 대답하지 않는다.

"은지의 선생님이라서, 내 학생의 행복과 평화를 지켜주고 싶었다고 대답하세요."

나는 임해주에게 새 삶과 새 삶터와 새 미래를 주기 위해 애쓴다. 임해주를 설득해본다. 임해주는 동상처럼 단단하고 꼿꼿하다.

"우리는 아주 어렸을 때부터 남조선에 대해 배웁니다. 학습을 하고 나면 모두 남한 아이들을 연민합니다. 혁명 전사가 되어 미제를 무찌르고 남한 아이들을 지키겠다고 다짐합니다. 우리는 통일을 원합니다. 윗분들의 의중은 정확히 모르겠지만 적어도 평범한 인민은 그렇습니다. 미제국주의에서 남한 인민을 해방하고, 친일 잔당을 청산하고, 북남이 다 같이 힘을 합쳐 잘 살고 싶어 합니다. 남한 인민에게 해가 되는 일은 하지 않습니다."

나는 우리도 그렇다고 대답하지 못한다. 우리 젊은이들은 통일에 무관심하다. 북을 적대시하고 통일을 반대하는 이도 많다. 북한에 얼마를 지원했다는 가짜 뉴스가 떠돌고, 어르신들은 대통령과 정부를 종북 빨갱이라고 비난한다.

나는 임해주를 설득할 자신이 없어진다. 매뉴얼을 따른다.

"임해주 씨는 임무에 실패했고 당신 가족은 더 이상 안전하지 않습니다."

나는 임해주의 가족사진을 보여준다. 임해주의 가족은 수용소에 있다. 진위 여부는 모른다. 이 매뉴얼에 따라 실제 전향한 간첩도 있다.

"남측 정보는 믿지 않습니다. 그럴 일도 없겠지만 설사 우리 가족이 관리소에 수감되었더라도 내가 전향하지 않는 한 희망은 있습니다."

임해주의 말이 맞을 수도 틀릴 수도 있다. 나는 틀릴 경우를 예상한다. 걱정이 앞서고 감정이 격해진다.

"임해주 씨, 좋은 사람이잖아요. 전향해서 행복하게 살아요. 임해주 씨 죽은 사람으로 만들고, 새 신분 줄게요. 제가 책임질게요."

진심이다.

"우리 조선에서 하는 일 국정원에서 모릅니까? 국정원에서 하는 일 우리 조선에서 모르겠습니까? 북남은 미제 사기 레슬링을 하고 있습니다. 서로 알면서 적당히 눈감아주고, 적당히 공격하고, 적당히 방어하죠. 같은 편이면 최상의 팀이 되었을 테죠."

"임해주 씨, 당신 북에 가면 죽습니다."

임해주가 등받이에 몸을 기댄다. 허세. 강해 보이고 싶어 한다.

"우리가 맨날 사람 죽이고 고문하고 관리소 보내는지 압니까? 남조선은 우리 조선을 제대로 알지 못합니다. 조국은 우리 인민이 고난의 행군을 견디고 자력갱생하면서 목숨 걸고 지켜낸 우리 어머니입니다. 어떤 어머니가 자식을 죽입니까? 설사 자식이 어머니를 죽여도 어머니는 자식을 버리지 않습니다. 피눈물을 흘리며 자식을 지키고 살리려고 합니다."

"그럼 해주 씨 인생은요? 해주 씨 개인의 삶은요?"

"남조선에 내 삶이 있습니까? 남조선에서는 내가 자유인입니까? 여기서도 먹고는 살아야죠. 그럼 돈 벌어야죠. 그런데 남조선에서 나를 자기들과 똑같은 대한민국 국민으로 봅니까?"

나는 대답하지 못한다. 탈북민을 대하는 편견, 차별을 알고 있다. 교원 출신 탈북민은 음식점에서 주방 보조가 되었고, 연대장 출신 탈북민은 주유소에서 아르바이트를 한다. 연구자 출신 탈북민은 이삿짐센터에서 짐을 나르고, 의사 출신 탈북민은 청소부가 되었다.

"여자 특수 공작원 귀순, 이용 가치는 있겠습니다. 인터뷰하고 강연 다니고 TV에 나오고 책 쓰면서 우리 조선 체제를 비판해야겠지요. 아버지 원수님, 어머니 당, 내 과거를 가십으로 만들어야겠지요. 시절에 따라서는 정치 집회에 동원돼서 현 정부를 비판하고, 가짜 뉴스에 동조하고 여론몰이하는 데도 일조해야겠지요."

"그분들은 대한민국 국민으로서 자신의 신념에 따라 행복하게 살고 있습니다."

"그들을 비난하지는 않습니다. 저와는 처지와 생각이 다를 뿐이고, 그 노력과 용기는 가상합니다. 그런데 나는 그렇게 못합니다. 조국과 가족을 배반한 죄책감에 가슴을 뜯고 고향을 그리워하며 불행하게 살 겁니다. 맘 편히 고향으로 돌아가고 싶습니다. 설사 맞아 죽어도, 총 맞아 죽어도, 우리 어머니 조선의 품에서 죽겠습니다."

그래도 남쪽에서는 하루 세 끼 쌀밥은 먹고 살지 않느냐, 라고 말할 수 없었다. 그건 임해주를 모욕하는 말이다.

나는 회유를 포기하고 자리를 뜨려다가 임해주에게 묻는다.

"그날, 그날 밤 왜 저를 살려주었습니까? 저 대신 총을 맞지 않았다면 람태식처럼 살아서 북으로 돌아갈 수도 있었을 텐데요."

임해주가 나를 빤히 쳐다보다가 입을 연다.

"너넨 우릴 사람으로 보니?"

임해주의 말투에 당황한다. 잠시 머뭇거리다가 답한다.

"너네도 우릴 족제비로 보잖아. 미제 승냥이, 괴뢰국 족제비, 섬나라 원숭이."

임해주가 피식거린다.

"그래. 비겼구나야."

임해주가 상체를 앞뒤로 흔들며 웃는다.

*

남촌의 국정원과 교도소는 참 좋다. 국정원에서는 고문을 하지

267

않고 내 의사를 존중해준다. 교도소는 따뜻하고 하루 세 끼 밥과 찬을 준다. 교도관은 친절하다. 나는 신문도 볼 수 있다. 신문을 보면서 남조선의 좋은 점을 확인한다.

자유.

교도소에 있으니 자유가 좋고 귀하다는 사실을 깨닫는다.

어제 강석주가 면회를 왔다. 강석주는 가족사진 두 장을 내밀었다. 컬러 사진과 흑백 사진이었다. 나는 흑백 사진을 보자마자 물었다.

"어디서 났습니까?"

"저희 아버지 유품입니다."

컬러 사진은 강석주의 가족사진이고, 흑백 사진은 우리 가족의 사진이었다. 젊은 아버지, 젊은 어머니, 어린 나와 석철이, 아기 동희가 행복한 사람처럼 웃고 있었다. 나는 목이 메서 헛기침을 했다.

"이 사진을 이제야 받았습니다. 저희 아버지는 국정원 소속 북파 간첩이셨습니다. 양강도 혜산에 계실 때 김정숙사범대학에서 주체 문예 이론을 가르치던 교원 심억이라는 분을 만나셨습니다. 심억이라는 분은 가족을 특히 아내와 자식들만이라도 남으로 보내달라고 하셨답니다. 그 대가로 저희 아버지를 도왔구요. 저희 아버지는 심억 선생님이 보위부의 감시를 받게 되자 심억 선생님을 먼저 중국으로 보내고, 그 부인과 세 자녀는 후에 데리고 오기로 결정하셨습니다. 그런데 심억 선생님과 함께 저희 아버지를 도우면서 탈북을 도모한 김정택이 배신하자 심억 선생님은 체포되셨고, 저희 아버지는 행방불명되셨습니다. 얼마 전, 아버지와 같이 은덕 탄광에서 노동 교화형을 사시던 분이 남으로 오셨습니다. 아버지는 2009년 영양실조와 폐암으로 돌아가셨답니다. 돌아가시면서 이 사진 두 장을 옆에 계시던 이분께 주셨답니다. 누구냐고 물었더니 친구, 그리고 친구가 될 아이들이라고 답하셨습니다."

나는 사진을 다시 들여다보았다. 어린 시절의 나와 강석주가 있다. 옛이야기처럼 묘하고 신기한 인연이다.

"심억 선생님은 자녀들에게 자유로운 세상과 꿈을 꾸고 이룰 수 있는 세상을 주고 싶어서 조국을 배반하면서까지 남한행을 원하셨습니다. 이제 심억 선생님의 사진을 따님께 돌려드립니다."

사진을 들여다본다. 젊은 아버지가 웃는다. 눈가에 잔주름을 짓고 이를 드러내며 웃는다. 맑은 눈으로 나를 응시한다. 나직한 음성으로 내 이름을 부른다. 크고 따뜻한 손으로 내 머리를 쓰다듬는다.

나는 이제야 아버지에게 화를 풀고 대답한다.

"『사슴』 시집에는 사슴이 한 마리도 나오지 않아요, 아버지."

*

20○○년 봄날 나는 교도소를 나온다. 북남은 올여름 북남 공동 올림픽 개최를 앞두고 비전향 간첩을 교환하기로 했다. 나는 버스에 올라 공동경비구역으로 향한다. 주름진 커튼을 열고 남촌 햇볕

을 온몸으로 받는다. 남촌의 산과 들과 나무와 꽃을 본다. 창을 열고 남촌의 바람을 맞는다. 남촌의 하늘과 구름을 본다. 나는 남촌을, 남촌에 있는 너희를 그리워하겠노라고 차마 말하지 못한다.

버스가 멈춘다. 나는 버스에서 내린다. 요원이 이끄는 대로 발을 움직인다. 앞만 보고 걷는다.

판문점에서 강석주를 만난다. 강석주는 여전히 국정원에서 근무하고 있다.

"마지막으로 하고 싶은 말 없어요?"

강석주가 묻는다.

"없습니다."

강석주가 웃는다. 나는 잠시 생각하다가 묻는다.

"남조선 아이들은 다 버르장머리가 없습니까?"

"아니요."

"남조선 남자들은 다 간사합니까?"

"아니요."

남조선 아이들은 다 사랑스럽습니까, 남조선 남자들은 다 다정합니까, 묻지 않는다. 남조선 스파이에게 세우는 내 자존심이다.

우리는 진짜 같은 민족입니까? 우리는 진짜 같은 편입니까? 국제 정세, 남한 정치 상황에 따라 언제든지 등을 돌릴 수 있는 적입니까? 도 묻지 않는다. 내 동무, 강석주를 더 이상 곤란하게 하고 싶지 않다. 대신 강석주가 묻는다.

"저는 선우현입니다. 임 선생님은 진짜 이름이 뭡니까?"

"다시 만나면 알려드리겠습니다."

"다시 만나면 우리 같은 편입니다."

강석주가 손을 내민다. 나는 악수를 거절한다. 정상회담마다 북남 정상은 포옹을 했다. 나도 강석주를 껴안는다. 힘주어 껴안는다.

군사 분계선에 다다른다. 한 발짝만 떼면 우리 조선이다. 강석주가 뒤에 있는 걸 알지만 돌아보지 않는다. 언제나처럼 꾹 참고 한 발짝을 디뎌 내 조국 우리 조선으로 돌아간다.

〈끝〉

작가의 말

가볍게 유쾌하게 재미있게 소설과 독서를 즐기시다가
문득
해주와 해주의 삶과 해주의 가족과
해주의 고향과 해주의 고향 사람들을
한번 떠올려주셨으면 좋겠습니다.

소설을 읽지 않는 시대에 소설을 써도 될까 고민했습니다.
김화영, 손성원, 나은심 세 분 편집자의
격려와 노력 덕분에 소설책을 또 세상에 내놓습니다.
부끄럽고 감사합니다.

이 소설이 고리짝 옛이야기가 되어
한 권도 팔리지 않는 날이 오면 좋겠습니다.

오늘 이 소설을 읽어주시는 독자님, 감사합니다.

2020년 8월
이은소